大家學 標準 日本語

行動學習新版

高級本

活化日語實力必學的應用課程

出口仁—— 著

檸檬樹

出版前言

【大家學標準日本語：初/中/高級本】行動學習新版，
完美整合「書籍內容、音檔、影片」為「可隨身讀、聽、看」的跨媒介學習 APP；

● 紙本書 —— 可做全版面綜觀全覽
● APP —— 可靈活隨選「課本、文法解說、練習題本、MP3 音檔、出口仁老師
　　　　　親授教學影片」等學習內容

本系列自 2012 年出版至今，榮幸獲得無數讀者好評肯定；
經得起時代考驗的 —— 學日語必備、初/中/高三冊「127 個具體學習目標」
跟隨時代腳步更新學習工具 ——「去光碟片、學習內容隨選即用、看影片學習更專
注深刻」。暢銷數十萬冊的優質內容，結合科技工具，絕對好上加好！

由具有「外國語教育教師證照」的出口仁老師，
根據生活、工作、檢定等目的，為各程度量身打造專業課程；

【初級本】：奠定日語基礎的〔基本課程〕（42 個「具體學習目標」）
【中級本】：發展日語能力的〔進階課程〕（44 個「具體學習目標」）
【高級本】：活化日語實力的〔應用課程〕（41 個「具體學習目標」）

所有的日語變化，都源自於這「127 個學習目標」，
常見的日語問題，都能查詢這「127 個學習目標」獲得解答！

※本系列同步發行【初/中/高級本】單書、套書、教學影片套組
讀者可根據個人的需求與喜好，挑選適合的教材。

【大家學標準日本語：行動學習新版】歷經許久的籌備，終於能夠呈現在讀者眼前。
在這期間，作者、出版社以及應用程式開發商，均投入了莫大的心力。本系列若能對
於任何一位讀者在日語學習上有所助益，將是我們最大的期盼！

檸檬樹出版社 編輯部

作者序

　　《大家學標準日本語：初/中/高級本》是專門替想要自學日語的學習者量身打造，以容易理解的方式去解說學習者會遇到的文法問題，希望讓學習者能清楚理解每一階段所學的日語。對於自學時可能會產生疑慮的地方，我盡量以簡單的說明、容易理解的解說，讓學習者了解。我認為，透過本系列三本書，學習者在學習日語時，一定能夠理解日語的基本架構，並培養自主學習的能力。

　　《初級本》是以日語的名詞、動詞、形容詞所構成的肯定句、否定句、疑問句、現在形、過去形為中心。我是以讓學習者可以自己組合單字、寫出句子這樣的立場，來進行解說。此外，我還會介紹一些具體的例文和會話，並說明到底在哪些場合可以使用。所以，也可以藉此培養日語的表達能力。

　　《中級本》是以日語文法中最重要的動詞變化為主，介紹、解說各種相關用法。我是以讓學習者可以透過動詞變化學習更多元的日語表達，並能在生活中活用，這樣的目標來設計內容的。

　　《高級本》是以《初級本、中級本》教過的文法為基礎，介紹更多實用表達。不論是哪一種表達，都是日本人經常於日常生活中使用的，所以當有需要與日本人溝通時，一定會有很大的幫助。

　　我希望透過這三本書，可以讓大家理解日語的基本架構、培養自學日語的能力。如果透過日語學習，可以讓大家對於日本有更深刻的理解，我會覺得非常榮幸。

　　《大家學標準日本語：初/中/高級本》出版至今，已經經過了 10 年。在這期間，得知許多人使用這三本書學習日語，並獲得很大的幫助，我感到非常高興。為了繼續成為大家在日語學習上的好幫手，我打算在日語教育上，持續盡心盡力下去。這次的【行動學習新版】，每一本書都有 APP 安裝序號，大家可以使用 APP 閱讀書籍內容、聽 MP3 音檔，還可以看我親自講解的文法教學影片。可以更方便地，在喜歡的時間、喜歡的地方，自由學習日語。

作者　出口仁　敬上

本書特色 1 —— 單字・招呼語・表現文型 彙整

安排吻合「高級日語程度」的單字，單字內容並符合各課的實用功能。

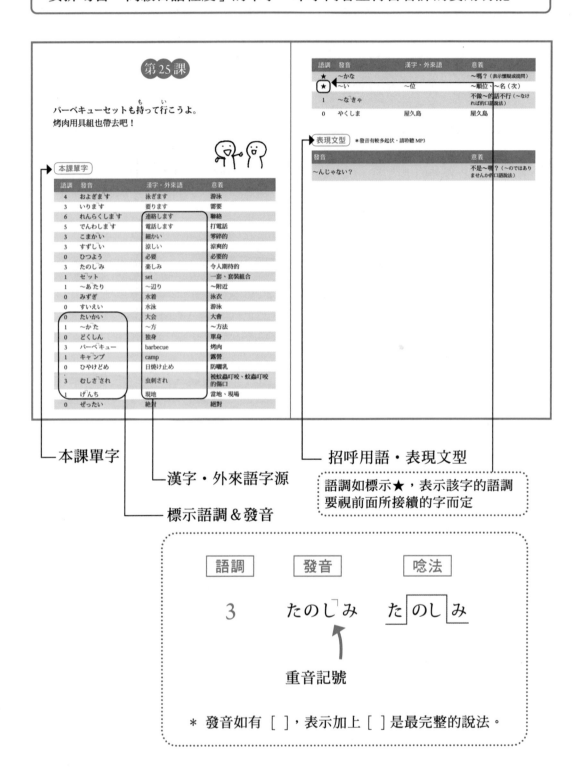

第 25 課

バーベキューセットも持って行こうよ。
烤肉用具組也帶去吧！

本課單字

語調	發音	漢字・外來語	意義
4	およぎます	泳ぎます	游泳
3	いります	要ります	需要
6	れんらくします	連絡します	聯絡
5	でんわします	電話します	打電話
3	こまかい	細かい	零碎的
3	すずしい	涼しい	涼爽的
0	ひつよう	必要	必要的
3	たのしみ	楽しみ	令人期待的
1	セット	set	一套、套裝組合
1	～あたり	～辺り	～附近
0	みずぎ	水着	泳衣
0	すいえい	水泳	游泳
0	たいかい	大会	大會
1	～かた	～方	～方法
0	どくしん	独身	單身
3	バーベキュー	barbecue	烤肉
1	キャンプ	camp	露營
0	ひやけどめ	日焼け止め	防曬乳
3	むしさされ	虫刺され	被蚊蟲叮咬、蚊蟲叮咬的傷口
1	げんち	現地	當地、現場
0	ぜったい	絶対	絕對

語調	發音	漢字・外來語	意義
★	～かな		～嗎？（表示懷疑或提問）
★	～い	～位	～順位、～名（次）
1	～なきゃ		不做～的話不行（～なければの口語說法）
0	やくしま	屋久島	屋久島

表現文型 ＊發音有較多起伏，請聆聽 MP3

發音	意義
～んじゃない？	不是～嗎？（～のではありませんか的口語說法）

—— 本課單字

—— 漢字・外來語字源

—— 標示語調＆發音

—— 招呼用語・表現文型

語調如標示★，表示該字的語調要視前面所接續的字而定

語調	發音	唸法
3	たのしみ	た のしみ

↑
重音記號

＊ 發音如有 [ ]，表示加上 [ ] 是最完整的說法。

本書特色 2 —— 具體學習目標

每一課都具有實用功能，融入「41 個具體學習目標」！

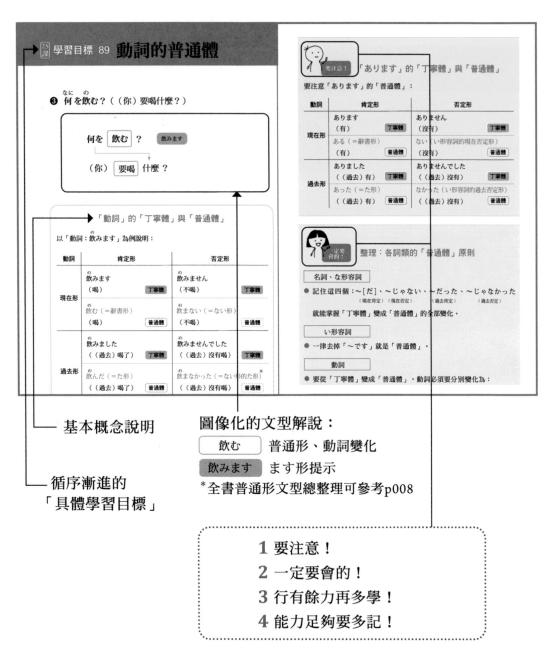

基本概念說明

循序漸進的
「具體學習目標」

圖像化的文型解說：

飲む　普通形、動詞變化

飲みます　ます形提示

*全書普通形文型總整理可參考p008

1 要注意！
2 一定要會的！
3 行有餘力再多學！
4 能力足夠要多記！

明確定義「學習內容」，清楚知道「自己的實力到哪裡」！
這是四種學習的層次，也是讓自己實力精進的明確方向。學習者可以清楚了
解，在自己目前的實力階段，什麼是要注意的、什麼是一定要會的，學了這
些，如果有餘裕，還要自我要求再多學什麼，才能更進一步提升實力。

本書特色 3 —— 應用會話

配合各課功能，融入各課文型，安排 "長篇情境對話"。

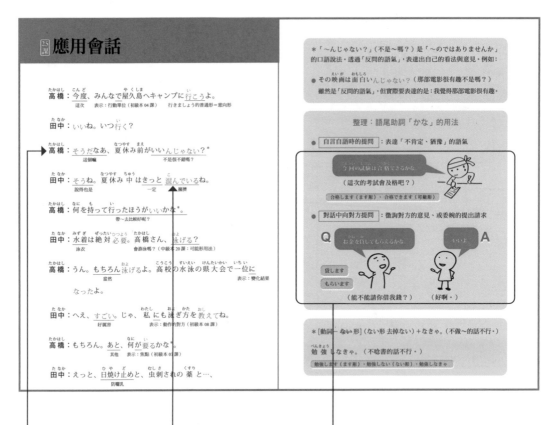

━━ 運用本課文型的
「應用會話」

━━ 本課的學習要點
用顏色做出標示

━━ 圖像化、多樣化的延伸補充

● 應用會話登場人物介紹：

佐藤康博 （33 歲）…パナソニックの社員
陳欣潔 （27 歲）…扶桑貿易会社の社員
田中洋子 （24 歲）…筑波大学の大学院生
高橋敦司 （28 歲）…秋津証券の社員
王民権 （19 歲）…東吳大学の学生
鈴木理恵 （20 歲）…大和出版の社員

本書特色 4 ── 關連語句

配合各課功能，補充更多樣話題的 "短篇互動對話"。

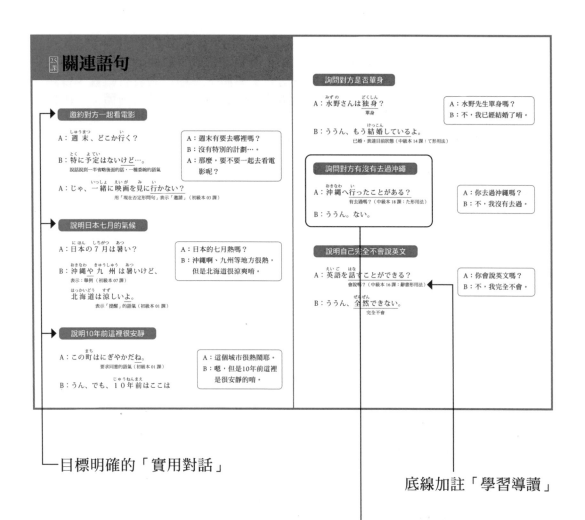

25課 關連語句

邀約對方一起看電影

A：週末、どこか行く？

B：特に予定はないけど…。
説話説到一半省略後面的話，一種委婉的語氣

A：じゃ、一緒に映画を見に行かない？
用「現在否定形問句」表示「邀請」（初級本 03 課）

> A：週末有要去哪裡嗎？
> B：沒有特別的計劃…。
> A：那麼，要不要一起去看電影呢？

說明日本七月的氣候

A：日本の 7 月は暑い？

B：沖縄や九州は暑いけど、
表示：舉例（初級本 07 課）
北海道は涼しいよ。
表示「提醒」的語氣（初級本 01 課）

> A：日本的七月熱嗎？
> B：沖繩啊、九州等地方很熱，但是北海道很涼爽唷。

說明10年前這裡很安靜

A：この町はにぎやかだね。
要求同意的語氣（初級本 01 課）

B：うん、でも、10年前はここは

> A：這個城市很熱鬧耶。
> B：嗯，但是10年前這裡是很安靜的唷。

詢問對方是否單身

A：水野さんは独身？
単身

B：ううん、もう結婚しているよ。
已婚、表達目前狀態（中級本 14 課：て形用法）

> A：水野先生單身嗎？
> B：不，我已經結婚了唷。

詢問對方有沒有去過沖繩

A：沖縄へ行ったことがある？
有去過嗎？（中級本 18 課：た形用法）

B：ううん。ない。

> A：你去過沖繩嗎？
> B：不，我沒有去過。

說明自己完全不會說英文

A：英語を話すことができる？
會說嗎？（中級本 16 課：辭書形用法）

B：ううん、全然できない。
完全不會

> A：你會說英文嗎？
> B：不，我完全不會。

──目標明確的「實用對話」

底線加註「學習導讀」

內容簡短實用，能在三句話內完成應答！
例如：

> A：你去過沖繩嗎？
> B：不，我沒有去過。

【高級本】普通形文型總整理

本書爲《大家學標準日本語》系列第三本。爲活化實力的應用課程：

【初級本】：不需要動詞變化的基本表達

【中級本】：最關鍵的動詞變化

【高級本】：表達能力再深造，以「豐富會話層次、融入日本人的常用表達」爲目標

　　大家學習日語時，最先學習的文體是「～です」、「～ます」（丁寧體），可是「丁寧體」無法滿足所有場合的需求。例如，需要刻意表現尊敬的時候，必須使用「敬語」；在生活中面對熟人時，如果使用「丁寧體」又顯得過於有禮貌，會讓人感覺「見外」，所以熟人之間適合使用「語氣坦白又親近」的「普通體」。由此可見，如果忽略對象和場合，完全使用「～です」、「～ます」來應對，並非「適時適所」的自然日語。

　　【高級本】強調「因時、因地、因人」的「不同應對說法」，必須根據自己和對方的關係、使用場合及目的，恰當地使用「丁寧體」、「普通體」及「敬語」。並教大家日本人生活中大量使用的「普通形文型」，讓學習者明瞭，什麼是最自然實用的日語，當有需要與日本人溝通時，一定有莫大的幫助。下方便是日本人生活中經常使用的「普通形文型」總整理：

感想・想法・推測

| ～と思います | 覺得～、認為～、猜想～ | 學習目標 91 | （26課） | 日本は物価が高いと思います。 |

傳聞轉達

| ～と言いました | 說～ | 學習目標 92 | （26課） | すみません、今何と言いましたか。 |
| ～と言っていました | 說～ | 學習目標 92 | （26課） | 先生は来週テストをすると言っていました。 |

解釋說明

| ～という意味です | 是～的意思 | 學習目標 93 | （26課） | 禁煙はタバコを吸ってはいけないという意味です。 |

～んです

～んですか	關心好奇・期待回答	學習目標 94	（27課）	どうして会議に遅れたんですか。
～んです	訴求理由	學習目標 94	（27課）	電車が事故で動かなかったんです。
～んです	強調・感慨	學習目標 94	（27課）	実は最近私は家を買ったんです。

前言的說法

| ～んですが、～ | 前言的說法 | 學習目標 95 | （27課） | メールをチェックしたいんですが、パソコンを借りてもいいですか。 |

疑問節

| 普通形＋かどうか、～ | 疑問句的名詞節 | 學習目標 99 | （28課） | 太郎さんが来るかどうか知りません。 |
| 疑問詞＋普通形＋か、～ | 疑問句的名詞節 | 學習目標 99 | （28課） | いつ日本へ旅行に行くか、まだわかりません。 |

疑問詞＋か、〜　疑問句的名詞節　學習目標 99 （28課）来年のクリスマスは何曜日かわかりますか。

時點表現

〜時、〜　　　　　〜的時候，〜　學習目標 100 （29課）家へ帰る時、家族にお土産を買って帰ります。

狀況假設

〜場合（は）、〜　〜的時候，〜　學習目標 101 （29課）会社を休む場合は、上司に連絡してください。

列舉理由

〜し、〜し、〜　又〜又〜所以〜　學習目標 112 （32課）夜も遅いし、眠いし、先に帰ります。

列舉評價

〜し、〜し、〜　又〜又〜而且〜　學習目標 112 （32課）この店は、雰囲気もいいし、味もいいし、（それに）値段も安いです。

理由表現：ので

〜ので、〜　　　因為〜所以〜　學習目標 114 （32課）風邪をひいたので、明日は休みます。

提示可能性

〜かもしれません 或許〜　學習目標 118 （34課）来年、結婚するかもしれません。

確定性高的推測

〜でしょう　　　推測　　　學習目標 119 （34課）明日は雨が降るでしょう。
〜でしょう　　　要求同意　學習目標 119 （34課）この店の料理はおいしいでしょう？
〜でしょう　　　再確認　　學習目標 119 （34課）昨日、日本語能力試験があったでしょう？

照理推測

〜はずです　　　（照理說）應該〜　學習目標 120 （34課）彼は家にいないはずです。
〜はずがありません 不可能〜　學習目標 120 （34課）悪いことをするはずがありません。

傳聞

〜そうです　　　聽說〜、據說〜　學習目標 121 （35課）今年は暑くなるそうです。

推斷・譬喻・舉例

〜ようです　　　〈推斷〉好像〜　學習目標 123 （35課）昨日の夜、雪が降ったようです。
〜ようです　　　〈譬喻〉好像〜　學習目標 123 （35課）今日は夏のような天気です。
〜ようです　　　〈舉例〉像〜一樣　學習目標 123 （35課）私もあなたが持っているようなかばんが欲しいです
〜みたいです　　〈〜ようです〉的口語說法　學習目標 123 （35課）指導教授は親切で父親みたいな人です。
〜らしいです　　（聽說）好像〜　學習目標 124 （35課）日本の忍者や芸者は、外国人に人気があるらしいです。

特別推薦 ── 行動學習 2APP

2APP 整合為「1 個高級本圖示」，讀內容、聽音檔、看影片，都在這裡！

「操作簡潔、功能強大」是行動學習新版的一大亮點！
雖然安裝 2APP，卻簡潔地以「1 個圖示」呈現。

使用時「不會感覺在切換兩支不同的 APP」，而是在使用一個「功能完備、多樣、各內容學習動線順暢，且相互支援」的「超好用 APP」！

（1）書籍內容 APP：

包含「雙書裝內容、MP3 音檔」，並增加紙本書沒有的 ── 各課單字測驗題！

- 〔點選各課〕：可隨選「學習目標、單字、應用會話、關連語句」
- 〔進入學習目標〕：可仔細讀、或點看「文法解說」「教學影片」
- 〔MP3 可全文順播〕：或播放特定單字／句子，自由設定 5 段語速
- 〔單字記憶訓練〕：各課單字可做「單字測驗」，並查看作答結果
- 〔閱讀訓練〕：可設定「 顯示／隱藏 」中文、解說，體驗「中日／全日文」環境

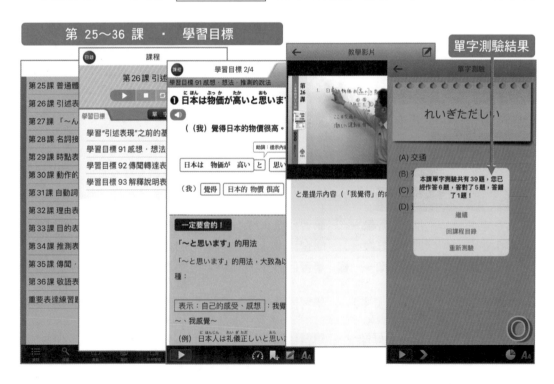

（2）教學影片 APP：

1 課 1 影片，出口仁老師詳細解說「41 個學習目標、文法要點、例文」

- 〔三步驟講解學習目標〕：1 認識單字、2 分析文型、3 解說例文
- 〔文法一定說明原因〕：不以「日語的習慣用法」模糊帶過
- 〔總長 294 分鐘〕：從「學習目標」點看「教學影片」或從「影片管理」選看各課
- 〔可子母畫面呈現〕：影片可顯示在最上方、移動位置；一邊自學一邊看 / 聽講解
- 〔看影片時可同步做筆記〕：學習心得或疑問，完整記錄下來

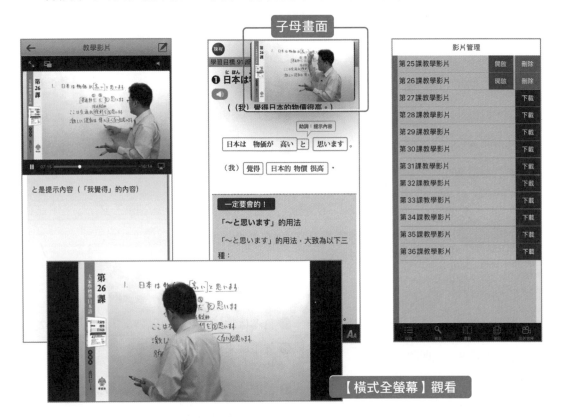

※〔APP 安裝・使用・版本〕

- 使用隨書附的「APP 啟用說明」掃瞄 QR-code 並輸入序號即完成安裝。
- 〔可跨系統使用〕：iOS / Android 皆適用，不受日後換手機、換作業系統影響。
- 〔提供手機 / 平板閱讀模式〕：不同載具的最佳閱讀體驗。可離線使用。
- 〔可搜尋學習內容 / 標記書籤 / 調整字體大小 / 做筆記〕
- 〔適用的系統版本〕：
iOS：支援最新的 iOS 版本以及前兩代
Android OS：支援最新的 Android 版本以及前四代

目錄

第25課 バーベキューセットも持って行こうよ。　烤肉用具組也帶去吧！

普通體

第26課 ドラッグストアで売っていると思います。
（我）想藥妝店有賣。

引述表現

第27課 どうしたんですか。　（你）怎麼了？

「〜んです」的用法

第34課 <ruby>海<rt>かい</rt>外<rt>がい</rt></ruby>へ<ruby>転<rt>てん</rt>勤<rt>きん</rt></ruby>するかもしれません。　說不定會調職去國外。

推測表現

第35課 <ruby>会<rt>かい</rt>社<rt>しゃ</rt></ruby>で<ruby>出<rt>しゅっ</rt>世<rt>せ</rt></ruby>しそうですね。　在公司好像會出人頭地耶。

傳聞・推斷表現

第36課 <ruby>先<rt>せん</rt>生<rt>せい</rt></ruby>もどうぞお<ruby>元<rt>げん</rt>気<rt>き</rt></ruby>で。　老師也請多多保重。

敬語表現

第25課

バーベキューセットも持って行こうよ。
烤肉用具組也帶去吧！

本課單字

語調	發音	漢字・外來語	意義
4	およぎます	泳ぎます	游泳
3	いります	要ります	需要
6	れんらくします	連絡します	聯絡
5	でんわします	電話します	打電話
3	こまかい	細かい	零碎的
3	すずしい	涼しい	涼爽的
0	ひつよう	必要	必要的
3	たのしみ	楽しみ	令人期待的
1	セット	set	一套、套裝組合
1	～あたり	～辺り	～附近
0	みずぎ	水着	泳衣
0	すいえい	水泳	游泳
0	たいかい	大会	大會
1	～かた	～方	～方法
0	どくしん	独身	單身
3	バーベキュー	barbecue	烤肉
1	キャンプ	camp	露營
0	ひやけどめ	日焼け止め	防曬乳
3	むしさされ	虫刺され	被蚊蟲叮咬、蚊蟲叮咬的傷口
1	げんち	現地	當地、現場
0	ぜったい	絶対	絕對
0	ううん		不、不是（表示否定的意思）

語調	發音	漢字・外來語	意義
★	〜かな		〜嗎？（表示懷疑或提問）
★	〜い	〜位	〜順位、〜名（次）
1	〜な「きゃ		不做〜的話不行（〜なければ的口語說法）
0	やくしま	屋久島	屋久島

表現文型 ＊發音有較多起伏，請聆聽 MP3

發音	意義
〜んじゃない？	不是〜嗎？（〜のではありませんか的口語說法）

丁寧體 vs. 普通體

從這一冊開始會學到：『文體』。用不同的『文體』寫文章或說話，就會給對方不同的印象。到目前為止，我們一直學的是『丁寧體』。例如：〜です、〜じゃありません、〜ます、〜ません…等等。『丁寧體』讀起來、或是聽起來的感覺，是「有禮貌又溫柔」。

而〔第25課〕要學的是——『普通體』。日本連續劇、電視節目、歌詞…等等，所使用的都是『普通體』。『普通體』給人的感覺是「坦白又親近」。日本人會視自己和對方的關係，恰當地使用『丁寧體』或『普通體』，大致上的分別如下：

文體	給對方的印象	適合使用的對象
丁寧體	有禮貌又溫柔	● 陌生人 ● 初次見面的人 ● 還不是那麼熟的人 ● 公司相關事務的往來對象 ● 晚輩對長輩 （如果是對自己家裡的長輩，則用「普通體」）
普通體	坦白又親近	● 家人 ● 朋友 ● 長輩對晚輩

普通體	丁寧體	

ともだち 友達 （朋友）	かいしゃいん 会社員 （公司職員）	かちょう 課長 （課長）

用了不恰當的文體，會給人什麼樣的感覺？

● 該用『普通體』的對象，卻使用『丁寧體』
　→ 會感覺有一點「見外」
● 該用『丁寧體』的對象，卻使用『普通體』
　→ 會感覺有一點「不禮貌」

既然要視自己和對方的關係，來判斷該使用『丁寧體』還是『普通體』，那麼為什麼現在才學『普通體』呢？

「被覺得見外」和「被覺得不禮貌」，當然是「不禮貌」比較嚴重。日語學習者一開始遇到的日本人，應該大部分都是第一次見面，所以適合用『丁寧體』。因此，學日語時大家先學習比較禮貌的『丁寧體』再學『普通體』，應該比較「安全」，比較不會讓對方感覺「不禮貌」。即使可能會讓人感覺「見外」，應該也不是太嚴重的問題。

那麼，『丁寧體』和『普通體』在造句上的差異是什麼呢——就在於句子結尾的說法不一樣。從下一個學習目標開始，大家可以好好地學習一下！

❶ それは 私 <ruby>わたし</ruby> の 傘 <ruby>かさ</ruby> [だ]。（那是我的傘。）

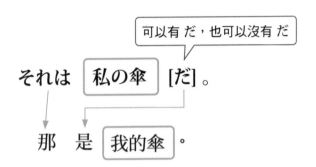

可以有 だ，也可以沒有 だ

それは ┃ 私の傘 ┃ [だ]。

那 是 ┃ 我的傘 ┃。

「名詞」的「丁寧體」與「普通體」

以「名詞：学生 <ruby>がくせい</ruby>」為例說明：

名詞	肯定形	否定形
現在形	学生 <ruby>がくせい</ruby> です （是學生）　丁寧體	学生 <ruby>がくせい</ruby> じゃありません （不是學生）　丁寧體
	学生 <ruby>がくせい</ruby> [だ] ※ （是學生）　普通體	学生 <ruby>がくせい</ruby> じゃない （不是學生）　普通體
過去形	学生 <ruby>がくせい</ruby> でした （（過去）是學生）　丁寧體	学生 <ruby>がくせい</ruby> じゃありませんでした （（過去）不是學生）　丁寧體
	学生 <ruby>がくせい</ruby> だった （（過去）是學生）　普通體	学生 <ruby>がくせい</ruby> じゃなかった （（過去）不是學生）　普通體

「な形容詞」的「丁寧體」與「普通體」

以「な形容詞：にぎやか」為例說明：

な形容詞	肯定形		否定形	
現在形	にぎやかです （熱鬧）	丁寧體	にぎやかじゃありません （不熱鬧）	丁寧體
	にぎやか [だ] ※ （熱鬧）	普通體	にぎやかじゃない （不熱鬧）	普通體
過去形	にぎやかでした （（過去）熱鬧）	丁寧體	にぎやかじゃありませんでした （（過去）不熱鬧）	丁寧體
	にぎやかだった （（過去）熱鬧）	普通體	にぎやかじゃなかった （（過去）不熱鬧）	普通體

※「名詞」和「な形容詞」的「現在肯定形普通體」如果加上「だ」，有時候聽起來或看起來會有「感慨的語感」，所以不講「だ」的情況比較多。

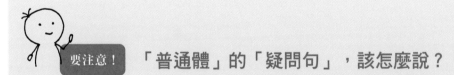

要注意！ 「普通體」的「疑問句」，該怎麼說？

● 之前曾學過，「丁寧體」的疑問句句尾要加上表示疑問的助詞「か」。

● 但是「普通體」的疑問句句尾加上「か」會變成一種「粗魯的語氣」，所以很少加「か」，而是將「句尾的語調上揚」來表示「疑問」的意思。

● 要特別提醒：「だ」有「斷定」的意思，所以不會放在疑問句句尾。

（「普通體」句尾：「～だ」、「～か」的詳細舉例，請參考下頁）

「普通體」句尾：「～だ」、「～か」的舉例說明

『普通體』的句子	句尾：～だ（表示肯定）	句尾：～か（表示疑問）
名詞、な形容詞 現在肯定形結尾	● 今日はいい天気。 （今天是好天氣。） 常用說法 ● 今日はいい天気だ。 （今天是好天氣啊。） 有感慨的語感	● 明日は休み？ ↗ 語調上揚 （明天放假嗎？） 常用說法 ● 明日は休みだ？ 無此說法 （疑問句不會加上 だ） ● 明日は休みか？ （明天放假？） 是較粗魯的語氣
上述以外的 任何疑問句 （動詞、い形容詞， 以及「現在肯定形結 尾以外」的「名詞、 な形容詞」）		● 何か食べる？ ↗ 語調上揚 （要吃點什麼呢？） 常用說法 ● 何か食べるか？ （要吃點什麼？） 是較粗魯的語氣 ● 今、忙しい？ ↗ 語調上揚 （現在忙嗎？） 常用說法 ● 今、忙しいか？ （現在忙嗎？） 是較粗魯的語氣

● 雨
※ 名詞

きのう あめ
昨日は雨だった。

（昨天是下雨天。）

雨でした　[丁寧體－過去肯定形]
雨だった　[普通體－過去肯定形]

● 静か（な）
※ な形容詞

あた しず
この辺りは静かじゃない。
這附近

（這附近不安靜。）

静かじゃありません　[丁寧體－現在否定形]
静かじゃない　　　　[普通體－現在否定形]

● 便利（な）
※ な形容詞

じゅうねんまえ まち こうつう べんり
10年前、この町は交通が便利じゃなかった。
表示：焦點（初級本 07 課）

（10年前，這個城鎮交通不方便。）

便利じゃありませんでした　[丁寧體－過去否定形]
便利じゃなかった　　　　　[普通體－過去否定形]

學習目標 88 い形容詞・～たい 的普通體

❷ この 料理はあまりおいしくない。
りょうり

（這道料理不太好吃。）

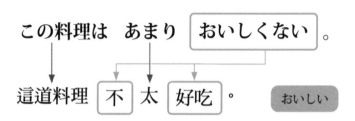

この料理は　あまり　おいしくない 。

這道料理 不 太 好吃 。　　おいしい

「い形容詞」的「丁寧體」與「普通體」

以「い形容詞：おいしい」為例說明：

い形容詞	肯定形	否定形
現在形	おいしいです （好吃的）　丁寧體	おいしくないです （不好吃）　丁寧體
	おいしい （好吃的）　普通體	おいしくない （不好吃）　普通體
過去形	おいしかったです （(過去)是好吃的）　丁寧體	おいしくなかったです （(過去)是不好吃的）　丁寧體
	おいしかった （(過去)是好吃的）　普通體	おいしくなかった （(過去)是不好吃的）　普通體

※「い形容詞」一律去掉「です」就是「普通體」。

024

「～たいです」的「丁寧體」與「普通體」

「～たいです」（想要[做]～）改成「普通體」的方式與「い形容詞」
一樣，一律去掉「です」就是「普通體」。

～たいです	肯定形	否定形
現在形	食べたいです （想吃） 丁寧體	食べたくないです （不想吃） 丁寧體
	食べたい （想吃） 普通體	食べたくない （不想吃） 普通體
過去形	食べたかったです （（過去）想吃） 丁寧體	食べたくなかったです （（過去）不想吃） 丁寧體
	食べたかった （（過去）想吃） 普通體	食べたくなかった （（過去）不想吃） 普通體

例文

● 暑い → 暑かった

昨日はとても暑かった。
（昨天非常熱。）

暑かったです [丁寧體－過去肯定形]，去掉「です」就是 [普通體]

● よい → よくなかった

ホテルのサービスはよくなかった。
（（當時）飯店的服務不好。）

よくなかったです [丁寧體－過去否定形]，去掉「です」就是 [普通體]

● 行きたい → 行きたくない

今日は会社へ行きたくない。
（今天不想去公司。）

行きたくないです [丁寧體－現在否定形]，去掉「です」就是 [普通體]

❸ 何を飲む？（（你）要喝什麼？）

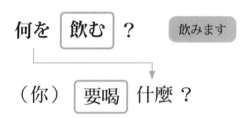

何を 飲む ？　飲みます

（你） 要喝 什麼？

「動詞」的「丁寧體」與「普通體」

以「動詞：飲みます」為例說明：

動詞	肯定形	否定形
現在形	飲みます （喝）　丁寧體	飲みません （不喝）　丁寧體
	飲む（＝辭書形） （喝）　普通體	飲まない（＝ない形） （不喝）　普通體
過去形	飲みました （（過去）喝了）　丁寧體	飲みませんでした （（過去）沒有喝）　丁寧體
	飲んだ（＝た形） （（過去）喝了）　普通體	飲まなかった（＝ない形的た形）※ （（過去）沒有喝）　普通體 ※亦叫做「なかった形」

「あります」的「丁寧體」與「普通體」

要注意「あります」的「普通體」：

動詞	肯定形		否定形	
現在形	あります （有）	丁寧體	ありません （沒有）	丁寧體
	ある（＝辭書形） （有）	普通體	ない（い形容詞的現在否定形） （沒有）	普通體
過去形	ありました （（過去）有）	丁寧體	ありませんでした （（過去）沒有）	丁寧體
	あった（＝た形） （（過去）有）	普通體	なかった（い形容詞的過去否定形） （（過去）沒有）	普通體

一定要會的！ 整理：各詞類的「普通體」原則

名詞、な形容詞

● 記住這四個：～[だ]、～じゃない、～だった、～じゃなかった
　　　　　　〔現在肯定〕　〔現在否定〕　　〔過去肯定〕　　　〔過去否定〕

就能掌握「丁寧體」變成「普通體」的全部變化。

い形容詞

● 一律去掉「～です」就是「普通體」。

動詞

● 要從「丁寧體」變成「普通體」，動詞必須要分別變化為：
辭書形、ない形、た形、ない形的た形（なかった形）
〔現在肯定〕〔現在否定〕〔過去肯定〕　〔過去否定〕

例文

● 使います 私 は携帯電話を使わない。

表示：動作作用對象（初級本 05 課）

（我不使用手機。）

使いません [丁寧體－現在否定形]
使わない　 [普通體－現在否定形]

● 勉強します 今日はたくさん日本語を勉強した。

（（我）今天學了很多日文。）

勉強しました [丁寧體－過去肯定形]
勉強した　　 [普通體－過去肯定形]

● します 昨日は何もしなかった。

什麼都…。後面接續否定表現

（昨天我什麼都沒有做。）

しませんでした [丁寧體－過去否定形]
しなかった　　 [普通體－過去否定形]

筆記頁

空白一頁，讓你記錄學習心得，也讓下一頁的「學習目標」，能以跨頁呈現，方便於對照閱讀。

がんばってください.

（請加油！）

文型的普通體

❹ レポートは書^かかなくてもいい。（報告不寫也可以。）

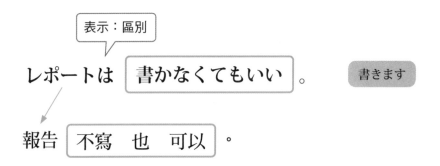

表示：區別

レポートは　書かなくてもいい　。　　書きます

報告　不寫　也　可以　。

一定要
會的！

文型如何變成「普通體」？

基本上，文型變成「普通體」的方式也是改變句尾：

文型	丁寧體	普通體
請 [做]〜	ちょっと待^まってください。 （請等一下。）	ちょっと待^まって。 （等一下。）
正在 [做]〜	今^{いま}、勉強^{べんきょう}しています。 （（我）現在正在唸書。）	今^{いま}、勉強^{べんきょう}している。 （（我）現在正在唸書。）
可以 [做]〜	タバコを吸^すってもいいですか。 （可以吸菸嗎？）	タバコを吸^すってもいい？ （可以吸菸嗎？）

文型	丁寧體	普通體
不可以 [做]~	しゃしん と 写真を撮ってはいけません。 （不可以拍照。）	しゃしん と 写真を撮ってはいけない。 （不可以拍照。）
請不要 [做]~	くるま と ここに車を止めないでください。 （請不要把車子停在這裡。）	くるま と ここに車を止めないで。 （不要把車子停在這裡。）
一定要 [做]~	まいにちざんぎょう 毎日残業しなければなりません。 （（我）每天一定要加班。）	まいにちざんぎょう 毎日残業しなければならない。 （（我）每天一定要加班。）
不用 [做]~	だ レポートを出さなくてもいいです。 （可以不用交報告。）	だ レポートを出さなくてもいい。 （可以不用交報告。）
會 [做]~	ひ ピアノを弾くことができます。 （（我）會彈鋼琴。）	ひ ピアノを弾くことができる。 （（我）會彈鋼琴。）
曾有 [做]過~	に ほん い 日本へ行ったことがあります。 （（我）有去過日本。）	に ほん い 日本へ行ったことがある。 （（我）有去過日本。）
沒有 [做]過~	なっとう た 納豆を食べたことがありません。 （（我）沒有吃過納豆。）	なっとう た 納豆を食べたことがない。 （（我）沒有吃過納豆。）
變成~	はたち 20歳になりました。 （（我）20歲了。）	はたち 20歳になった。 （（我）20歲了。）

※「20歳」的唸法，有「はたち」和「にじゅっさい」兩種。

 要注意！ 「普通體」可能出現的省略說法

● 前面提到，有些文型省略句尾，就會變成「普通體」。例如：
　要求的說法：～てください（請 [做] ～）、～ないでください
　（請不要 [做] ～），去掉「ください」就是普通體的說法。

● 而「普通體」的句子，也會出現省略說法，有下列幾種情況：

省略：い

● 表示「現在進行式」的「～ている」（正在 [做] ～、目前狀態），
　「い」常被省略：

（未省略）彼女は東京に住んでいる。（她目前住在東京。）
（省略い）彼女は東京に住んでる。

> 住んでいます　[丁寧體－現在肯定形]
> 住んでいる　　[普通體－現在肯定形]

（未省略）私はまだ結婚していない。（我還沒結婚。）
（省略い）私はまだ結婚してない。

> 結婚していません　[丁寧體－現在否定形]
> 結婚していない　　[普通體－現在否定形]

省略：助詞

● 在「普通體」的會話中，助詞也常常被省略，例如：

（未省略）ご飯を食べる？（（你）要吃飯嗎？）
（省略を）ご飯食べる？

（未省略）細かいお金がある？（（你）有零錢嗎？）
（省略が）細かいお金ある？

※這些情況不能省略助詞

● 但是，如果省略助詞會導致句意不清楚，就不能省略，例如：

（〇）友達に電話をかける。→（〇）友達に電話かける。

（（我）要打電話給朋友。）

> 省略助詞「を」，不會造成句子意思不清楚，所以OK。

（〇）友達に電話をかける。→（×）友達電話をかける。

> 省略助詞「に」，會不明白到底打電話給誰，所以不能省略。

例文

● 走ります 　廊下を走ってはいけないよ。
表示：經過點（初級本 12 課）

（不可以在走廊奔跑唷。）

> 走ります（ます形）→ 走って（て形）＋ ～はいけません
> 走ってはいけません [丁寧體－現在否定形]
> 走ってはいけない　 [普通體－現在否定形]

● 行きます 　まだ日本へ行ったことがない。
表示：方向（初級本 04 課）

（（我）還沒去過日本。）

> 行きます（ます形）→ 行った（た形）＋ ～ことがありません
> 行ったことがありません [丁寧體－現在否定形]
> 行ったことがない　　　 [普通體－現在否定形]

● 書きます 　私 はきれいな字を書くことができない。
　　　　　　　　　　漂亮的字

（我無法寫出漂亮的字。）

> 書きます（ます形）→ 書く（辭書形）＋ ～ことができません
> 書くことができません [丁寧體－現在否定形]
> 書くことができない　 [普通體－現在否定形]

高橋：今度、みんなで屋久島へキャンプに行こうよ。
　　　這次　　表示：行動單位（初級本04課）　　行きましょう的普通形＝意向形

田中：いいね。いつ行く？

高橋：そうだなあ、夏休み前がいいんじゃない？*
　　　這個嘛　　　　　　　　　　不是很不錯嗎？

田中：そうね。夏休み中はきっと混んでいるね。
　　　說得也是　　　　　一定　擁擠

高橋：何を持って行ったほうがいいかな*。
　　　帶～去比較好呢？

田中：水着は絶対必要。高橋さん、泳げる？
　　　泳衣　　　　　　　會游泳嗎？（中級本20課：可能形用法）

高橋：うん。もちろん泳げるよ。高校の水泳の県大会で一位に
　　　　　　當然　　　　　　　　　　　　　　　表示：變化結果
なったよ。

田中：へえ、すごい。じゃ、私にも泳ぎ方を教えてね。
　　　　　　好厲害　　　　　　表示：動作的對方（初級本08課）

高橋：もちろん。あと、何が要るかな*。
　　　　　　　　其他　　表示：焦點（初級本07課）

田中：えっと、日焼け止めと、虫刺されの薬と…、
　　　　　　　防曬乳

あ、バーベキューセット持って行こうよ！
　　　烤肉用具組

高橋：いいね。食材は現地で買えばいいかな*。
如果買的話（中級本 21 課：條件形「～ば」用法）

田中：陳さんと王くんにも連絡した？
親密的稱呼。翻譯時可視彼此的關係來翻譯。

高橋：じゃあ、僕から王くんに電話するよ。
表示：起點（經由點）

田中：楽しみだなあ。海で泳ぐなら、これからちょっと
要游泳的話…（中級本 21 課：「～なら」的用法）

ダイエットしなきゃ*。
不減肥的話不行

中譯

高橋：這次，大家一起去屋久島露營吧！

田中：好啊。什麼時候去呢？

高橋：這個嘛…暑假之前應該不錯吧？

田中：說得也是，暑假中一定很擁擠啊。

高橋：要帶什麼東西去比較好呢？

田中：泳衣是絕對需要的。高橋先生，你會游泳嗎？

高橋：嗯，我當然會游泳囉。我曾經在高中游泳縣大會比賽獲得第一名唷。

田中：哦～好厲害。那麼，也請你教我游泳的方法吧。

高橋：當然。其他還有需要什麼東西嗎？

田中：嗯…防曬乳和蚊蟲叮咬的藥和…，啊！帶烤肉用具組去吧！

高橋：好啊。食材在當地買的話就可以了吧。

田中：你也已經聯絡陳小姐和小王了嗎？

高橋：那麼，我來打電話給小王吧。

田中：真令人期待啊！要在海裡游泳的話，接下來不稍微減肥的話不行。

＊「～んじゃない？」（不是～嗎？）是「～のではありませんか」的口語說法。透過「反問的語氣」，表達出自己的看法與意見。例如：

● その映画は面白いんじゃない？（那部電影很有趣不是嗎？）

　雖然是「反問的語氣」，但實際要表達的是：我覺得那部電影很有趣。

整理：語尾助詞「かな」的用法

● 自言自語時的提問 ：表達「不肯定、猶豫」的語氣

今回の試験は合格できるかな。

（這次的考試會及格吧？）

合格します（ます形），合格できます（可能形）

● 對話中向對方提問 ：徵詢對方的意見、或委婉的提出請求

Q お金を貸してもらえるかな。　　　いいよ。 A

貸します
もらいます

（能不能請你借我錢？）　　　（好啊。）

＊ [動詞－ない形]（ない形 去掉ない）＋なきゃ。（不做～的話不行。）

勉強しなきゃ。（不唸書的話不行。）

勉強します（ます形），勉強しない（ない形），勉強しなきゃ

筆記頁

空白一頁，讓你記錄學習心得，也讓下一頁的「關連語句」，能以跨頁呈現，方便於對照閱讀。

（請加油！）

關連語句

邀約對方一起看電影

A：週末、どこか行く？

B：特に予定はないけど…。
　　說話說到一半省略後面的話，一種委婉的語氣

A：じゃ、一緒に映画を見に行かない？
　　　　用「現在否定形問句」表示「邀請」（初級本 03 課）

> A：週末有要去哪裡嗎？
> B：沒有特別的計劃…。
> A：那麼，要不要一起去看電影呢？

說明日本七月的氣候

A：日本の7月は暑い？

B：沖縄や九州は暑いけど、
　　表示：舉例（初級本 07 課）

　　北海道は涼しいよ。
　　　　表示「提醒」的語氣（初級本 01 課）

> A：日本的七月熱嗎？
> B：沖繩啊、九州等地方很熱，但是北海道很涼爽唷。

說明10年前這裡很安靜

A：この町はにぎやかだね。
　　　　要求同意的語氣（初級本 01 課）

B：うん、でも、10年前はここは

　　静かだったよ。
　　　　表示「提醒」的語氣（初級本 01 課）

> A：這個城市很熱鬧耶。
> B：嗯，但是10年前這裡是很安靜的唷。

詢問對方是否單身

A：水野さんは独身？
　　　　　　　　　単身

B：ううん、もう結婚しているよ。
　　　　　　　已婚。表達目前狀態（中級本 14 課：て形用法）

A：水野先生單身嗎？
B：不，我已經結婚了唷。

詢問對方有沒有去過沖繩

A：沖縄へ行ったことがある？
　　　　　　有去過嗎？（中級本 18 課：た形用法）

B：ううん。ない。

A：你去過沖繩嗎？
B：不，我沒有去過。

說明自己完全不會說英文

A：英語を話すことができる？
　　　　　會說嗎？（中級本 16 課：辭書形用法）

B：ううん、全然できない。
　　　　　　　完全不會

A：你會說英文嗎？
B：不，我完全不會。

第26課

ドラッグストアで売っていると思います。
（我）想藥妝店有賣。

本課單字

語調	發音	漢字・外來語	意義
6	はってんします	発展します	發展
6	ごうかくします	合格します	合格、及格
4	おくれます	遅れます	遲到
4	かえします	返します	歸還
4	さそいます	誘います	邀約
4	つたえます	伝えます	傳達、轉告
6	れいぎただしい	礼儀正しい	有禮貌的
3	はげしい	激しい	激烈的
1	ふべん	不便	不方便的
3	しょうじき	正直	正直的
0	あんぜん	安全	安全
0	きんえん	禁煙	禁止吸菸
1	アジア	Asia	亞洲
2	くにぐに	国々	各國
0	こうつう	交通	交通
2	しけん	試験	考試
0	むかし	昔	過去、很久以前
1	くろう	苦労	辛苦、勞苦
0	させつきんし	左折禁止	禁止左轉
0	しんにゅうきんし	進入禁止	禁止進入
1	なか	中	裡面
1	〜じょう	場	〜場地
4	せんたくき	洗濯機	洗衣機
3	ことば	言葉	詞彙、語言

語調	發音	漢字・外來語	意義
6	ドラッグストˉア	drugstore	藥妝店
0	ぶちょう	部長	部長、經理
3	かいすˉいよく	海水浴	海水浴
3	かんしˉいん	監視員	監視員
5	のりものよˉい	乗り物酔い	暈車（船等交通工具）
0	かちょう	課長	課長
0	しゅじゅつちゅう	手術中	手術中
1	もˉっと		更加、進一步
3	このまˉえ	この前	上次
1	こˉんど	今度	這次、下次
2	しばˉらく		暫時
0	～もの	～者	～的人
1	～くˉらい（～ぐˉらい）		～左右
0	～うちに		～的時候

表現文型 ＊發音有較多起伏，請聆聽 MP3

發音	意義
そうは思^{おも}いません	不那麼認為

學習 "引述表現" 之前的基本認識：
「普通體」也會運用在文型中，稱為「普通形」

上一課學到了『普通體』。可能有人會提出疑問：如果沒有很熟悉的日本朋友，沒有對象可以使用『普通體』，是不是就不需要學『普通體』？

又或者，必須使用日文時，都是因為工作相關的業務，所以都用『丁寧體』，即使學了『普通體』也沒有機會使用，是不是也不需要學？

答案是「NO！」。除了用於一般表達，『普通體』也會運用在某些文型，運用在文型中的『普通體』不叫做『普通體』，稱為『普通形』。

從這一課開始，就會陸續介紹使用『普通形』的文型表現。

❶ 日本は物価が高いと思います。
（（我）覺得日本的物價很高。）

助詞：提示內容

日本は　物価が　高い　と　思います 。

（我）　覺得　　日本的 物價 很高 。

一定要會的！

「～と思います」的用法

「～と思います」的用法，大致為以下三種：

表示：自己的感受、感想 ：我覺得～、我感覺～

（例）日本人は礼儀正しいと思います。
（（我）覺得日本人是謹守禮儀的。）

礼儀正しいです（丁寧形），礼儀正しい（普通形）

表示：自己的想法、看法：我認為～

（例）激しい運動は体によくないと思います。
（（我）認為激烈的運動對身體不好。）

よくないです（丁寧形），よくない（普通形）

表示：推測、推斷：我猜想～、我推測～

（例）彼はもう帰ったと思います。
（（我）猜想他已經回去了。）

帰りました（丁寧形），帰った（普通形）

 要注意！ 比較「～と思います」和「～と思っています」

這兩個文型的「動作主」和「時點」不同，區分如下：

	～と思います	～と思っています
動作主	● 只限於「我／你」 （「你」只適用於「疑問句」）	●「我／你／他」皆可
時點	●「說話的當下」 覺得、認為、猜想…	●「說話的當下」 覺得、認為、猜想… ●「有一段時間」 覺得、認為、猜想…

<table>
<tr><td>文型整理</td><td>［普通形 <small>な形容詞　名詞</small>（　だ　・　だ　）］</td><td>と 思います　覺得〜、認為〜、猜想〜
と 思っています</td></tr>
</table>

※如果是「名詞」、「な形容詞」的「現在肯定形普通形」，需要有「だ」再接續。

 要注意！　「名詞」、「な形容詞」的普通形接續

從這一課開始，會出現很多運用「普通形」的文型。如果所用的「普通形」是「名詞」和「な形容詞」的「現在肯定形」，接續文型時，有以下可能：

● 名詞、な形容詞 ＋ だ 或 な 或 の 　再接續文型

● 名詞、な形容詞 ＋ ~~だ 或 な 或 の~~ 　直接接續文型

在 文型整理 區塊中，會特別提醒這一點，請大家注意。

例文

● 発展します　アジアの国々はこれからもっと発展すると思います。
※ 動詞　　　　　　　　　　　　　　　　　　更加

（（我）認為亞洲各國接下來會更加發展。）

> 発展する（辭書形）＝ 普通形
> 動詞普通形 ＋ と思います　我認為〜 的說法

● 不便（な）　ここは交通が不便だと思います。
※ な形容詞

（（我）覺得這裡交通不方便。）

不便（普通形－現在肯定形）＋ だ ＋ と思います

● 合格します　今年はたぶん試験に合格できると思います。
※ 動詞　　　　　　　　　　　　表示：方面

（（我）猜想今年考試大概可以合格。）

合格できます（可能形－ます形）
合格できる　（可能形－辭書形）＝ 普通形
動詞普通形 ＋ と思います　我猜想、我推測〜　的說法

❷ 先生は 来週 テストをすると言っていました。
（老師說下禮拜要考試。）

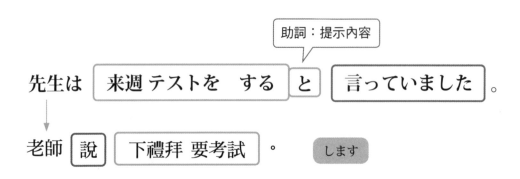

	助詞：提示內容

先生は ┃ 来週 テストを する ┃ と ┃ 言っていました ┃ 。

老師 ┃ 說 ┃ 下禮拜 要考試 ┃ 。 ┃ します ┃

要注意！ 比較「～と言いました」和「～と言っていました」

這兩個文型的意思都是「說了～」，但「功能」和「焦點」不同：

	～と言いました	～と言っていました
功能	● 關於當場的發言 例）すみません、今何と言いましたか。 （對不起，你剛剛說了什麼？）	● 轉達留言 例）部長、鈴木さんが会議に遅れると言っていました。 （部長，鈴木小姐說她「會議會晚到」。）
焦點	● 強調「說了」這句話 例）彼はお金を返すと言いましたが、返しませんでした。 （他「說了」要還錢，卻沒有還。）	● 強調說話的「內容」 例）祖母はいつも私に正直者になれと言っていました。 （奶奶總對我說「要當個誠實的人」。）

文型整理	__X__ は [普通形 ([だ] ・[だ])]	と 言いました。 X說 "～"
	(が) [疑問詞 － 何]	と 言っていました。

な形容詞 名詞

※「と」的前面表示「要求、指示」的內容時，
也會放「て形」「命令形」「禁止形」等。

※「名詞」、「な形容詞」的「現在肯定形普通形」，有沒有「だ」都可以。

例文

● [何]　すみません、今何と言いましたか。
※ 疑問詞

（對不起，你剛剛說了什麼？）

> 何（疑問詞）＋ と言いました　當場說了什麼　的說法

● [します]　祖父は 昔、若いうちにたくさん苦労をしろと
※ 動詞
要多吃苦

私 に言っていました。
表示：動作的對方（初級本08課）

（爺爺很久以前就跟我說了，年輕時要多吃苦。）

> しろ（命令形）＝ 普通形的一種
> 動詞普通形 ＋ と言っていました　強調說話的「內容」　的說法

● [開きます]　部長は明日会議を開くと言っていました。
※ 動詞

（部長說「明天要開會」。）

> 開く（辭書形）＝ 普通形
> 動詞普通形 ＋ と言っていました　轉達某人留言　的說法

❸ 禁煙<ruby>きんえん</ruby>はタバコを吸<ruby>す</ruby>ってはいけないという意味<ruby>いみ</ruby>です。
（「禁煙」就是不可以吸菸的意思。）

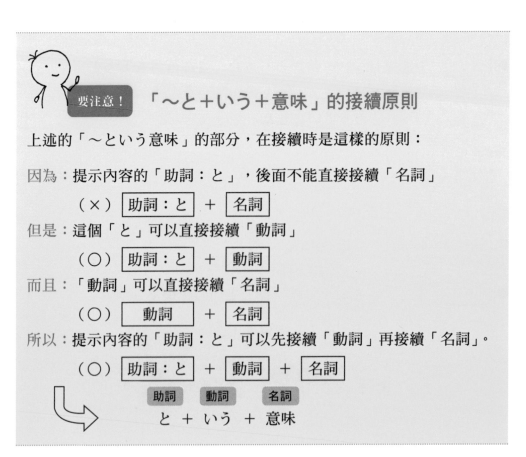

要注意！ 「～と＋いう＋意味」的接續原則

上述的「～という意味」的部分，在接續時是這樣的原則：

因為：提示內容的「助詞：と」，後面不能直接接續「名詞」

（×）助詞：と ＋ 名詞

但是：這個「と」可以直接接續「動詞」

（○）助詞：と ＋ 動詞

而且：「動詞」可以直接接續「名詞」

（○）動詞 ＋ 名詞

所以：提示內容的「助詞：と」可以先接續「動詞」再接續「名詞」。

（○）助詞：と ＋ 動詞 ＋ 名詞

助詞 動詞 名詞
と ＋ いう ＋ 意味

____X____は［※普通形（ な形容詞 名詞 ［だ］・［だ]）］｜という意味です　X是～的意思

※命令形・禁止形也屬於普通形

※「名詞」、「な形容詞」的「現在肯定形普通形」，有沒有「だ」都可以。

例文

● 曲がります
※動詞

左折禁止は 左 へ曲がってはいけないという意味です。
禁止轉彎（中級本14課：て形用法）

（「禁止左轉」就是禁止向左轉彎的意思。）

> 曲がって（て形）
> て形 ＋ はいけません（丁寧形）
> て形 ＋ はいけない　（普通形）

● 止まります
※動詞

一時停止は一回止まれという意味です。
停下來（中級本22課：命令形用法）

（「暫停」是要停止一次的意思。）
（「停車再開」是要停（車）一次的意思。）

> 止まれ（命令形）＝ 普通形的一種

● 入ります
※動詞

進入禁止は中に入るなという意味です。
不准進去（中級本22課：禁止形說法）

（「禁止進入」就是不准進去裡面的意思。）

> 入るな（禁止形）＝ 普通形的一種

陳：王さん、こんにちは。

王：あ、陳さん。この前、高橋さんから電話があって、今度一緒に
_{表示：動作主}

屋久島という所＊へキャンプに行こうと言っていましたよ。
叫做…的地方　　表示：目的（初級本12課）

陳さんも誘ってと言われました。
也（初級本01課）　被說（中級本23課：受身形用法）

陳：いいですね。ぜひ行きたいです。何か準備しなければなりませんか。
一定、務必　　　　　　一定要準備（中級本17課：ない形用法）

王：キャンプ場には海水浴場があると言っていました。水着を
表示：存在位置（初級本07課）

持って行きましょう。

陳：わかりました。でも、今まで海で泳いだことがありませんから、
目前為止　　　没有游泳過（中級本18課：た形用法）

ちょっと心配です。

王：海水浴場にはちゃんと監視員もいますから、安全だと思いま
確實　　　　　　　　　因為（初級本07課）

すよ。

陳：そうですか。じゃ、他に何を持って行ったほうがいいですか。
帶去比較好（中級本18課：た形用法）

王：船に乗りますから、乗り物酔いの 薬 を持って行ったほうがいいと
表示：進入點（中級本 14 課）

思います。あと、日焼け止めとか*…。
…之類的

陳：どこで売っていますか。
表示：動作進行地點（初級本 03 課）

王：薬 も日焼け止めも*ドラッグストアで売っていると思いますよ。
藥和防曬乳都…　　　　　　販賣著，表達目前狀態（中級本 14 課：て形用法）

陳：じゃ、今 週 末に買いに行きます。キャンプ、楽しみですね。
表示：目的（初級本 12 課）

王：そうですね。

中譯

陳：王先生，你好。
王：啊，陳小姐。上次高橋先生打電話來，說這次一起去一個叫做屋久島
　　的地方露營吧。叫我也要邀約陳小姐。
陳：好啊，我一定會去。有什麼東西是一定要準備的嗎？
王：據（高橋先生）說露營場裡有海水浴場。帶泳衣去吧。
陳：我知道了。但是，目前為止我都沒有在海裡游泳過，所以有點擔心。
王：因為海水浴場確實都有監視員，所以我認為很安全唷。
陳：這樣子啊。那麼，其他還要帶什麼東西去比較好呢？
王：因為要搭船，所以我覺得帶暈船藥去比較好。其他還有防曬乳之類
　　的…。
陳：在哪裡有販賣呢？
王：我想藥和防曬乳在藥妝店都有賣唷。
陳：那麼，我這個週末去買。露營真是令人期待呀。
王：對啊。

＊～（地名）という 所 。（叫做～的地方。）

自由が丘という 所 。（叫做「自由之丘」的地方。）

＊「とか」是表示「舉例」的助詞。除了用於「單一事物」的舉例，也可用於「複數事物」的舉例。以下整理有關「舉例」的說法：

● 　～とか、～とか　：用於名詞、動詞的舉例

寿司とか天ぷらとかが好きです。　名詞的舉例

（（我）喜歡壽司、天婦羅之類的。）

週 末はよく買い物をするとか映画を見るとかします。

（（我）週末經常去購物、看電影之類的。）　動詞的舉例

● 　や　：用於名詞的舉例（列舉出部分的東西作代表）

冷 蔵庫の中にりんごやいちごがあります。

（冰箱裡有蘋果啊、草莓啊等等的。）

● 　と　：用於名詞的全部列舉（列舉出全部的東西）

冷 蔵庫の中にりんごといちごがあります。

（冰箱裡有蘋果和草莓。）

● 　動詞た形＋り、動詞た形＋り＋します　：用於動作的舉例

週 末は家でゲームをしたり、本を読んだりしたいです。

（（我）週末想要在家裡打電動啊、看書之類的。）

＊「～も～も」是「Ａ和Ｂ都～」的意思。例如：

王<ruby>さ<rt>おう</rt></ruby>ん　　　　乾杯！　　　　陳さん

<ruby>友<rt>とも</rt></ruby><ruby>達<rt>だち</rt></ruby>の<ruby>中<rt>なか</rt></ruby>で、<ruby>陳<rt>ちん</rt></ruby>さんも<ruby>王<rt>おう</rt></ruby>さんもお<ruby>酒<rt>さけ</rt></ruby>が<ruby>好<rt>す</rt></ruby>きです。

（朋友之中，陳先生和王先生都喜歡喝酒。）

除了「名詞＋も＋名詞＋も」，也有「名詞＋助詞＋も」的用法，
例如：

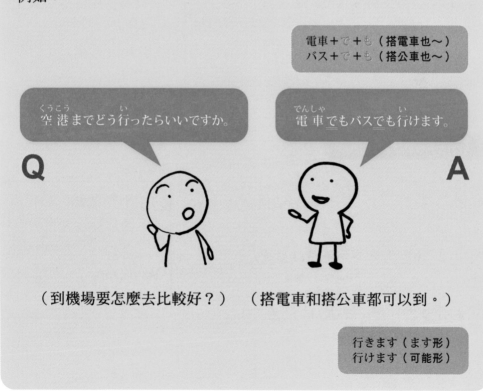

電車＋で＋も（搭電車也～）
バス＋で＋も（搭公車也～）

<ruby>空<rt>くう</rt></ruby><ruby>港<rt>こう</rt></ruby>までどう<ruby>行<rt>い</rt></ruby>ったらいいですか。

<ruby>電<rt>でん</rt></ruby><ruby>車<rt>しゃ</rt></ruby>でもバスでも<ruby>行<rt>い</rt></ruby>けます。

Q　　　　　　　　　　　　　　　　　　　　A

（到機場要怎麼去比較好？）　　（搭電車和搭公車都可以到。）

行きます（ます形）
行けます（可能形）

詢問對於日本經濟的看法

A：日本の経済についてどう思いますか。
　　　　　　 關於…

B：たぶんしばらく よくならないと思います。
　　　　　暫時　　　　 不會變好

> A：關於日本的經濟，你覺得怎麼樣？
> B：我覺得大概暫時不會變好。

不贊同對方的看法

A：日本の学生はよく勉強しますね。
　　　　　　　　　　　　 要求同意的語氣

B：そうですか？ 私はそうは思いません。
　　　　　　　 不那麼認為

> A：日本的學生很認真學習耶。
> B：是這樣嗎？我不那麼認為。

請對方幫忙傳話

A：すみませんが、課長に３０分ぐらい
　　　　　　　　　　　　　　　　 左右

遅れると伝えていただけませんか。
　　　　能不能請你轉達？

B：わかりました。課長に伝えます。
　　　　　　　　 表示：動作的對方（初級本08課）

> A：不好意思，能不能請你轉達課長我會遲到30分鐘左右。
> B：我知道了，我會轉達課長。

說明自己無法出借車子

A：井上さんが来週、車を貸してほしいと
　　_{いのうえ}　　　_{らいしゅう}　_{くるま}　_か
希望出借車子（中級本14課：て形用法）

言っていましたよ。
_い

B：そうですか。でも来週は私も使います
　　　　　　　　　_{らいしゅう}　_{わたし}　_{つか}

から貸せません。
　　_か
無法出借（中級本20課：可能形用法）

A：井上先生說，希望你下星期借他車子喔。

B：這樣子啊。但是因為下星期我也要用車，所以沒辦法出借。

解說標示的意思

A：すみません。このマークは何の意味ですか。
　　　　　　　　　　　　　_{なん}　_{いみ}
標示

B：洗濯機で洗わないで手で洗えという意味です。
　　_{せんたくき}　_{あら}　　　_て　_{あら}　　　　　_{いみ}
要去洗…（中級本22課：命令形用法）

A：不好意思，這個標示是什麼意思？

B：是不要用洗衣機洗，要用手洗的意思。

詢問如何發音

A：この言葉は何と読みますか。
　　　_{ことば}　_{なん}　_よ
詞彙

B：それは「しゅじゅつちゅう」と読みます。
　　　　　　　　　　　　　　　　_よ

A：這個詞彙要怎麼唸？
B：那個要唸「しゅじゅつちゅう」。

第27課

どうしたんですか。 （你）怎麼了？

本課單字

語調	發音	漢字・外來語	意義
1、5	チェックします	check＋します	檢查、確認
4	みつけます	見つけます	找到
4	うつります	映ります	映出、顯示出畫面
4	いそぎます	急ぎます	加快、趕緊
4	まとめます		收拾、整理
4	きづきます	気付きます	注意到、查覺到
5	まにあいます	間に合います	來得及、趕上
5	てつやします	徹夜します	通宵、徹夜
6	つれていきます	連れて行きます	帶（人）去
5	もってきます	持って来ます	帶（東西）來
2	ながい	長い	長久的
3	きびしい	厳しい	嚴苛的、吃緊的
2	いえ	家	房子
0	かおいろ	顔色	臉色
1	しゅと	首都	首都
0	れきし	歴史	歷史
0	やきゅう	野球	棒球
5	[プラット] ホーム	platform	月台
1	けさ	今朝	今天早上
0	バスてい	bus＋停	公車站
3	しんかんせん	新幹線	新幹線
1	タオル	towel	毛巾
5	[インター] ネット	Internet	網路
0	できるだけ		盡量

語調	發音	漢字・外來語	意義
0	べつの	別の	別的
0	それで		然後
1	あら		哎呀
1	さあ		來吧！（表示勸誘或催促）
0	へいじょうきょう	平城京	平城京（日本奈良時代的首都）

招呼用語 ＊發音有較多起伏，請聆聽 MP3

發音	意義
お大事に	請保重身體
お待たせしました	久等了

❶ どこへ行くんですか。（（你）要去哪裡？）

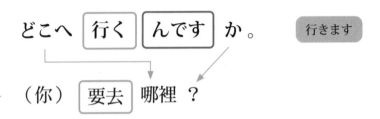

行きます

「～んです」的基本用法

關心好奇、期待對方回答：以「～んですか」的方式（加上疑問的助詞「か」）

● 遅れます　どうして会議に遅れたんですか。
※動詞　　　（為什麼開會遲到了呢？）

> 遅れました（丁寧形－ます形的過去肯定形ました）
> 遅れた　　（普通形－過去肯定形た形）

說明理由、因為…

● 動きます　電車が事故で動かなかったんです。
※動詞　　　（因為事故造成電車不動了。）

> 動きませんでした（丁寧形－ます形的過去否定形ませんでした）
> 動かなかった　　（普通形－過去否定形なかった形）

● 買います　実は最近 私は家を買ったんです。
　※動詞　（其實，最近我買了房子。）

> 買いました（丁寧形－ます形的過去肯定形ました）
> 買った　　（普通形－過去肯定形た形）

要注意！　「〜んですか」原本是「〜のですか」為了發音方便的「縮約表現」

常常聽到日本人在會話中說「〜の？」。「〜の？」其實就是「〜んですか」的普通體會話表現方式。因為是疑問句，所以句尾語調要上揚。

（例）新しい　パソコンを　買った　んですか。

⇓

＝　新しい　パソコンを　買った　の？↗　語調上揚

（（你）買了新的個人電腦嗎？）

文型整理　[普通形（な形容詞 名詞 な・な）] んです　＜表示關心好奇、期待回答＞
　　　　　　　　　　　　　　　　　　　　　　＜訴求理由＞
　　　　　　　　　　　　　　　　　　　　　　＜強調、感慨＞

※如果是「名詞」、「な形容詞」的「現在肯定形普通形」，需要有「な」再接續。

● [します]　A：顔色が悪いですよ。どうしたんですか。
　　※ 動詞
　　　　　　　　　　かおいろ　　わる

● [悪い]　B：朝からおなかの調子が悪いんです。
　　※ い形容詞　　表示：起點（初級本 03 課）
　　　　　　　　　　あさ　　　　　　　ちょうし　わる

　　　　A：臉色不好喔。（你）怎麼了？

　　　　B：從早上開始肚子的狀況就不好。

> しました（丁寧形－ます形的過去肯定形ました）
> した　　（普通形－過去肯定形た形）
> 動詞普通形 ＋んです ＋か　表示關心、期待回答　的說法
>
> ───────────────────────
>
> 悪いです（丁寧形）
> 悪い　　（普通形）
> い形容詞普通形 ＋んです　說明理由　的說法

● [長い]　A：奈良には１３００年以上前に平城京という
　　※ い形容詞　　表示：存在位置（初級本 07 課）　　　　　　　　叫做…
　　　　　　　　　　なら　　せんさんびゃくねん いじょうまえ　へいじょうきょう

　　　　　　　日本の首都がありました。
　　　　　　　にほん　しゅと

　　　　B：奈良は歴史がとても長いんですね。
　　　　　　　なら　れきし　　　　　　なが

　　　　A：在超過1300年前，奈良境內曾有叫做「平城京」的日
　　　　　　本首都。

　　　　B：奈良歷史非常長久耶。

> 長いです（丁寧形）
> 長い　　（普通形）
> い形容詞普通形 ＋んです　強調、感慨　的說法

筆記頁

空白一頁，讓你記錄學習心得，也讓下一頁的「學習目標」，能以跨頁呈現，方便於對照閱讀。

....

....

....

....

....

....

....

....

....

....

....

....

....

....

....

....

....

がんばってください。

（請加油！）

❷ メールをチェックしたいんですが、パソコンを借^かりても
いいですか。
（（我）想要檢查電子郵件，可以跟你借電腦嗎？）

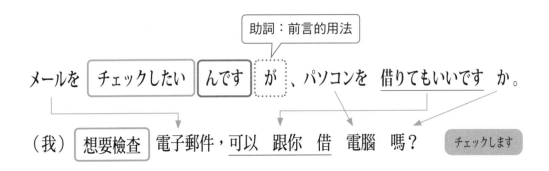

助詞：前言的用法

メールを ｜ チェックしたい ｜ んです ｜ が ｜、パソコンを ｜ 借りてもいいです ｜ か。

（我） ｜ 想要檢查 ｜ 電子郵件， ｜ 可以 ｜ 跟你 ｜ 借 ｜ 電腦 ｜ 嗎？ チェックします

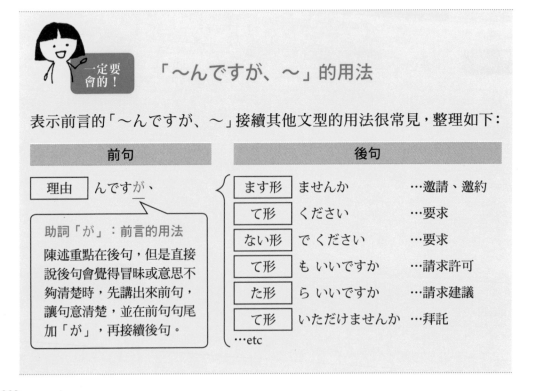

一定要會的！

「～んですが、～」的用法

表示前言的「～んですが、～」接續其他文型的用法很常見，整理如下：

前句	後句	
理由 んですが、	ます形 ませんか	…邀請、邀約
	て形 ください	…要求
	ない形 で ください	…要求
	て形 も いいですか	…請求許可
	た形 ら いいですか	…請求建議
	て形 いただけませんか	…拜託
	…etc	

助詞「が」：前言的用法
陳述重點在後句，但是直接說後句會覺得冒昧或意思不夠清楚時，先講出來前句，讓句意清楚，並在前句句尾加「が」，再接續後句。

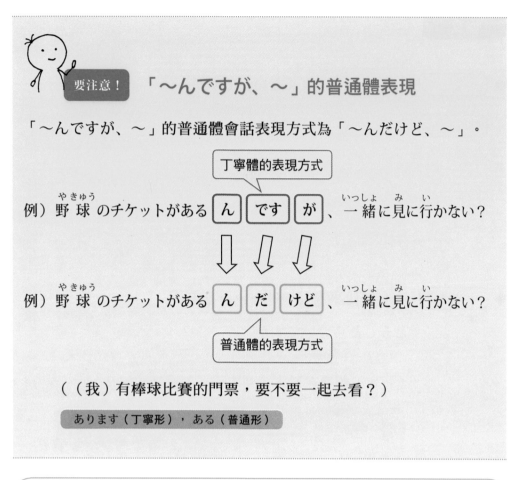

要注意！ 「～んですが、～」的普通體表現

「～んですが、～」的普通體會話表現方式為「～んだけど、～」。

丁寧體的表現方式

例）野球のチケットがある ん です が 、一緒に見に行かない？

↓ ↓ ↓

例）野球のチケットがある ん だ けど 、一緒に見に行かない？

普通體的表現方式

（（我）有棒球比賽的門票，要不要一起去看？）

あります（丁寧形），ある（普通形）

文型整理　　[普通形 (な・な)]　　んですが、_____。　　前言的説法
な形容詞　名詞

※如果是「名詞」、「な形容詞」的「現在肯定形普通形」，需要有「な」再接續。

例文

● よい
　↓
　よくない

体の調子がよくないんですが、今日は早く帰っても
早一點（中級本 22 課：形容詞的副詞用法）
いいですか。

（（我）身體的狀況不好，今天可以早一點回去嗎？）

> よくないです（丁寧形）
> よくない　　　（普通形）

● 見つけます
※ 動詞

日本で仕事を見つけたいんですが、

どうしたらいいですか。
怎麼做才好？

（（我）想要在日本找到工作，怎麼做才好？）

> 見つけま~す~（ます形去掉ます）＋ たいです → 見つけたいです
> 見つけたいです（丁寧形）
> 見つけたい　　　（普通形）

● 映ります
※ 動詞

テレビが映らないんですが、ちょっと

見ていただけませんか。
能否請你看？（中級本 24 課：要求的用法）

（電視機沒有顯示出畫面，能不能請你看一下？）

> 映りません（丁寧形）
> 映らない　　（普通形）

筆記頁

空白一頁，讓你記錄學習心得，也讓下一頁的「應用會話」，能以跨頁呈現，方便於對照閱讀。

....

....

....

....

....

....

....

....

....

....

....

....

....

....

がんばってください。

....

....

（請加油！）

（タクシーに乗_のる）

運転手_{うんてんしゅ}：どちらまで？
哪裡。「どこ」的禮貌說法

田中_{たなか}：東京駅_{とうきょうえき}へ行_いきたいんですけど、３０分_{さんじゅっぷん}で行_いけますか。
表示：所需數量

運転手_{うんてんしゅ}：３０分_{さんじゅっぷん}ですか。ここからだと、ちょっと厳_{きび}しいですね。
表示：～的話就～

田中_{たなか}：すみません、できるだけ急_{いそ}いでください。
盡量　　　請加快（中級本14課：て形用法）

運転手_{うんてんしゅ}：わかりました。

（東京駅_{とうきょうえき}のホームで）

高橋_{たかはし}：田中_{たなか}さん、遅_{おそ}いですね…。
要求同意的語氣（初級本01課）

陳_{ちん}：そうですね。電話_{でんわ}してみましょうか。
要不要打個電話看看（中級本14課：て形用法）

王_{おう}：あ、あれ、田中_{たなか}さんですよ。おーい、こっちこっち。
喂～

田中：皆さん、すみません。お待たせしました。
　　　　　　　　　　　　　　　　讓你們久等了

高橋：どうしたんですか？

田中：実は、昨日の夜、キャンプの荷物をかばんにまとめたんですが、
　　　　　　　　　　　　　　　　　　　　　　表示：歸著點

　　　今朝、別のかばんを持って出かけてしまったんです。
　　　　帶著…出門了。表示無法挽回的遺憾（中級本 15 課：て形用法）

陳：あら。

田中：それで*、バス停に着いてそこで気付いたんです。
　　　　然後　　　公車站　　　　動作進行地點（初級本 03 課）

王：大変でしたね。

田中：それで、バスに、間に合わなかったんです。だから、
　　　　因此　　表示：到達點　　　　沒有趕上　　　　所以
　　　　　　　（初級本 12 課）

　　　タクシーで来ました。
　　　表示：工具・手段（初級本 12 課）

高橋：そうですか。でも、間に合ってよかった*。
　　　　　　　　　　　　　幸虧有趕上

王：あ、新幹線が来ましたよ。さあ、乗りましょう。
　　　　　　　　　　　　　表示催促的語氣

（要搭乘計程車）

司機：要到哪裡呢？

田中：我想要去東京車站，30分鐘可以到達嗎？

司機：30分鐘嗎？從這裡去的話時間會有點吃緊耶。

田中：不好意思，請盡量加快。

司機：我知道了。

（在東京車站的月台）

高橋：田中小姐真慢啊…。

　陳：對啊。要不要打個電話看看？

　王：啊！那個…是田中小姐唷。喂～這邊這邊。

田中：各位，不好意思，讓你們久等了。

高橋：你怎麼了？

田中：其實，昨天晚上我已經把露營的行李收進包包了，今天早上卻帶著
　　　別的包包出門。

　陳：哎呀。

田中：然後抵達公車站後才在那邊發現。

　王：真慘啊。

田中：因此沒有趕上公車。所以我搭了計程車過來。

高橋：這樣子啊。不過幸虧有趕上。

　王：啊！新幹線來了唷。來吧！我們上車吧。

整理：接續詞「それで」的用法

● 表示原因、理由 ：因為～所以～

昨日は徹夜しました。それで、今日はすごく眠いです。
きのう　てつや　　　　　　　　　　　　　　きょう　　　　　　ねむ

（因為昨天熬夜，所以今天非常想睡覺。）

● 表示動作順序 ：然後

昨日日本語能力試験を受けて…。
きのうにほんごのうりょくしけん　う

それで？

（我昨天參加了日本語能力試驗…。）　　（然後呢？）

● 動詞－て形 ＋よかった（幸虧～、好在～）

是針對已經形成的狀態給予好的評價。「よかった」雖然是「た形」，但表達的是「現在的心情」。

（例）急に雨が降りました。傘を持って出かけてよかった。
　　　きゅう　あめ　ふ　　　　　かさ　も　　で

（突然下雨了。幸虧有帶傘出門。） 出かけます（ます形）

● 動詞－條件形 ＋よかった（早知道要是～的話，就好了）

是針對實際上沒有做的事情「表示後悔」。

（例）急に雨が降りました。傘を持って出かければよかった。
　　　きゅう　あめ　ふ　　　　　かさ　も　　で

（突然下雨了。要是有帶傘出門就好了。） 出かければ（條件形）

說明昨天請假的理由

A：どうして昨日学校を休んだんですか。
　　　為什麼

B：朝起きたら、熱があったんです。
　　起床，結果…（中級本21課：「～たら」的用法）

> A：為什麼你昨天跟學校請假呢？
> B：因為我早上起床發燒了。

慰問對方一整晚熬夜

A：昨日は朝まで徹夜しました。
　　　　　直到早上

B：大変だったんですね。
　　真辛苦

> A：我昨天熬夜到早上。
> B：真是辛苦啊！

請對方帶自己去賞花

A：来週、友達とお花見に行くんですが、
　　　　　　和（初級本03課）

鈴木さんも一緒に行きませんか。
　　用「現在否定形＋か」表示「邀請」（初級本03課）

B：いいですね。ぜひ私も連れて行ってください。
　　　　　　　務必　　請把～（某人）帶去（中級本14課：て形用法）

> A：我下星期要和朋友去賞花。鈴木小姐要不要也一起去？
> B：好啊。請務必也帶我去。

請別人送毛巾到房間

A：部屋にタオルがないんですが、ちょっと
表示：存在位置（初級本 07 課）

持って来ていただけませんか。
能否請你拿過來？（中級本 24 課：要求的用法）

B：わかりました。今すぐ 持って行きます。
　　　　　　　　　　立刻　　　拿…過去

A：房間裡面沒有毛巾，能不能請你拿過來一下？ B：我知道了。現在立刻拿過去。

建議對方在網路上找房子

A：部屋を探したいんですが、

どうしたらいいですか。

B：ネットで調べたらいいですよ。
搜尋的話就可以（中級本21課：「～たら」的用法）

A：我想要找房子，怎麼做才好呢？ B：上網搜尋就可以囉。

身體不適，詢問是否可以早退

A：今日は 体 の 調子 が悪いんですが、

早く帰ってもいいですか。
可以回去嗎？（中級本 14 課：て形用法）

B：そうですか。仕方ないですね。お大事に。
　　　　　　　　沒辦法

A：今天身體的狀況不好，可以早一點回去嗎？ B：這樣子啊。那也沒辦法啊。請保重身體。

第 28 課

<ruby>眼鏡<rt>めがね</rt></ruby> <ruby>人<rt>ひと</rt></ruby> <ruby>天野<rt>あまの</rt></ruby>
あの眼鏡をかけている人が天野さんです。

那個戴眼鏡的人是天野先生。

本課單字

語調	發音	漢字・外來語	意義
4	うまれます	生まれます	出生
4	とまります	止まります	停止
3	やせます	痩せます	痩
5	けんかします	喧嘩します	吵架
4	あるきます	歩きます	走路
6	とうちゃくします	到着します	抵達
4	しらべます	調べます	調查
4	いわいます	祝います	祝賀
4	はやします	生やします	留（鬍子）
6	かつどうします	活動します	活動
2	はやい	速い	快速的
5	きもちがいい	気持ちがいい	心情舒暢的
2	あおい	青い	藍色的
4	なつかしい	懐かしい	懷念的
3	じょうず	上手	擅長
2	おかし	お菓子	點心、糕點
0	がいこく	外国	外國
0	いす	椅子	椅子
0	えんかい	宴会	宴會
0	がっか	学科	學科
2	おもちゃ	玩具	玩具
0	じんこう	人口	人口
0	きもち	気持ち	心情
0	ほけんしょう	保険証	保險證
0	ひさしぶり	久しぶり	隔了好久
3	どうきゅうせい	同級生	同學

語調	發音	漢字・外來語	意義
3	はんぶん	半分	一半
0	しりあい	知り合い	熟人、朋友
1	グラス	glass	玻璃杯
0	ひげ	髭（＊這個字多半用假名表示，較少用漢字）	鬍子
1／1	かいが／え	絵画／絵	繪畫／圖畫
0	サークル	circle	社團
0	すいさいが	水彩画	水彩畫
0	すいぼくが	水墨画	水墨畫
3	なかま	仲間	朋友
1	～どうし	～同士	～同伴、～同好
0	もくてき	目的	目的
0／3	わだい／はなし	話題／話	話題／相關事情
3	しゅっぱんしゃ	出版社	出版社
1	なか	仲	關係、交情
2	びよういん	美容院	美容院
4	しゃいんりょこう	社員旅行	員工旅遊
3	クリスマス	Christmas	聖誕節
0	とつぜん	突然	突然
0	ついでに		順便
1	ちいさな	小さな	小的
1	さあ		哎…（不知道如何回答的語氣）
1	～びん	～便	～航班、～班次
1	きゅうしゅう	九州	九州
1	ふじさん	富士山	富士山
4	すぎなみく	杉並区	杉並區

招呼用語　＊發音有較多起伏，請聆聽 MP3

發音	意義
<ruby>相<rt>あい</rt></ruby><ruby>変<rt>か</rt></ruby>わらずだよ	跟往常一樣唷

表現用語　＊發音有較多起伏，請聆聽 MP3

發音	意義
～らしい	有～的風格

❶ これは 京都で撮った写真です。
　　（這是在京都拍的照片。）

```
これは　京都で　│撮った│　│写真│　です。

這　是　在京都　│拍的│　│照片│　。　　撮ります
```

「一個單字」接續名詞的方法

〔初級本－第06課〕學過「い形容詞、な形容詞、名詞」接續「名詞」的方式，如下：

● い形容詞－い ┐
　　　　　　　　│　　例）おいしい料理（好吃的料理）、暑い日（炎熱的日子）、
　　　　　　　　│　　　　　赤い花（紅色的花）、やさしい人（溫柔的人）…
● な形容詞－な ┤＋│名詞│例）静かな町（安靜的城鎮）、暇な日曜日（閒暇的星期日）、
　　　　　　　　│　　　　　元気な子（健康的孩子）、有名な店（有名的店）…
● 　名詞－の ┘　　例）私の傘（我的傘）、日本語の雑誌（日語的雜誌）、
　　　　　　　　　　　　　外国の車（外國的車）、椅子の下（椅子的下面）…

這些都是一個單字（い形容詞、な形容詞、名詞）＋「名詞」的接續。
但是，動詞、複數單字構成的句子、否定形、過去形…也可以接續「名詞」。詳細請參考下頁。

「複數單字構成的句子」接續名詞的方法

● 複數單字構成的句子，句尾是「動詞」：

現在肯定形

社<ruby>員<rt></rt></ruby>旅行に行く｜人｜は <ruby>誰<rt>だれ</rt></ruby> ですか。
（しゃいんりょこう い）（ひと）

（要去員工旅行的人是誰？）

現在否定形

社員旅行に行かない｜人｜は <ruby>誰<rt>だれ</rt></ruby> ですか。
（しゃいんりょこう い）（ひと）

（不要去員工旅行的人是誰？）

過去肯定形

社員旅行に行った｜人｜は <ruby>誰<rt>だれ</rt></ruby> ですか。
（しゃいんりょこう い）（ひと）

（去了員工旅行的人是誰？）

過去否定形

社員旅行に行かなかった｜人｜は <ruby>誰<rt>だれ</rt></ruby> ですか。
（しゃいんりょこう い）（ひと）

（沒有去員工旅行的人是誰？）

● 複數單字構成的句子，句尾是「い形容詞」：

現在肯定形

ここは｜この <ruby>町<rt>まち</rt></ruby>で一番 おいしい｜店｜（みせ）
です。

（這裡是這個城市中最好吃的店。）

現在否定形

ここは｜この <ruby>町<rt>まち</rt></ruby>で一番 おいしくない｜店｜（みせ）
です。

（這裡是這個城市中最不好吃的店。）

過去肯定形

<ruby>昨日<rt>きのう</rt></ruby>の <ruby>宴会<rt>えんかい</rt></ruby>でおいしかった｜料理｜（りょうり）
は <ruby>何<rt>なん</rt></ruby> ですか。

（昨天的宴會上好吃的料理是什麼？）

過去否定形

<ruby>昨日<rt>きのう</rt></ruby>の <ruby>宴会<rt>えんかい</rt></ruby>でおいしくなかった｜料理｜（りょうり）
は <ruby>何<rt>なん</rt></ruby> ですか。

（昨天的宴會上不好吃的料理是什麼？）

● 複數單字構成的句子，句尾是「な形容詞」：

現在肯定形

ここは 今、この町で一番にぎやかな 所 です。※な形容詞＋な＋名詞

（這裡是現在這個城市中最熱鬧的地方。）

現在否定形

ここは 今、この町で一番にぎやかじゃない 所 です。

（這裡是現在這個城市中最不熱鬧的地方。）

過去肯定形

ここは 10年前、にぎやかだった 所 です。

（這裡是10年前很熱鬧的地方。）

過去否定形

ここは 10年前、にぎやかじゃなかった 所 です。

（這裡是10年前不熱鬧的地方。）

● 複數單字構成的句子，句尾是「名詞」：

現在肯定形

皆さんの中に 日本語学科の 人 はいますか。※名詞＋の＋名詞

（大家之中有沒有是日文系的人？）

現在否定形

皆さんの中に 日本語学科じゃない 人 はいますか。

（大家之中有沒有不是日文系的人？）

過去肯定形

皆さんの中に 日本語学科だった 人 はいますか。

（大家之中有沒有以前是日文系的人？）

過去否定形

皆さんの中に 日本語学科じゃなかった 人 はいますか。

（大家之中有沒有以前不是日文系的人？）

［普通形 な形容詞 名詞 （ な ・ の ）］ │ ［名詞］ ＜名詞接續＞

※如果是「な形容詞」的「現在肯定形普通形」，需要有「な」再接續。
※如果是「名詞」的「現在肯定形普通形」，需要有「の」再接續。

例文

● 売ります
※ 動詞

これは日本で売っていない玩具です。
目前沒有販賣（中級本 14 課：て形用法）

（這是目前在日本境內沒有販賣的玩具。）

> 売って（て形）＋ います
> 売っていません（丁寧形－ます形的否定形ません）
> 売っていない　　（普通形－現在否定形ない）＋ 名詞（玩具）

● 多い
※ い形容詞

ここは日本で一番人口が多い街です。
最～

（這裡是日本境內人口最多的城市。）

> 多いです（丁寧形）
> 多い　　　（普通形）＋ 名詞（街）

● 買います
※ 動詞

昨日買った雑誌はどこにありますか。
表示：存在位置（初級本 07 課）

（昨天買的雑誌在哪裡？）

> 買いました（丁寧形－ます形的過去肯定形ました）
> 買った　　（普通形－過去肯定形た形）＋ 名詞（雑誌）

❷ 私が生まれたのは九州の小さな町です。
（我出生的地方是九州的（一個）小城鎮。）

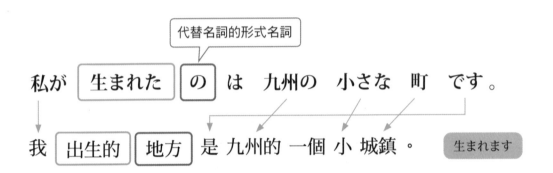

 代替名詞的形式名詞：の

下面這兩種情況，經常會使用「形式名詞：の」來代替名詞。

● 已經知道要講的名詞是什麼
● 一個句子裡，同一個名詞會出現兩次，其中一個就用「の」代替。

文型整理 ［普通形 な形容詞 名詞 （ な ・ な ）］ の ＜代替名詞＞

※如果是「名詞」、「な形容詞」的「現在肯定形普通形」，需要有「な」再接續。

078

例文

● 結婚します この中でまだ結婚していないのは誰ですか。（の＝人）
  ※動詞　　　　　　　　　　　　　　　目前沒有結婚（中級本14課：て形用法）

（在這之中，目前還沒有結婚的人是誰？）

> 結婚して（て形）＋います
> 結婚していません（丁寧形－ます形的否定形ません）
> 結婚していない　（普通形－現在否定形ない）＋の
> ※已經知道要講的名詞是「人」，可以用「の」代替

● 欲しい 私が欲しいのはこのカメラです。（の＝カメラ）
  ※い形容詞

（我想要的相機是這台相機。）

> 欲しいです（丁寧形）
> 欲しい　　（普通形）＋の
> ※句子裡「カメラ」出現兩次，其中一個用「の」代替

● 熱い Ａ：コーヒーはホットとアイスと どちらがいいですか。
  ※い形容詞　　　　　　表示：並列關係　　　　哪一個、哪一樣
  　　　　　　　　　　　　（初級本：11課，第二個と可以省略）

Ｂ：熱いのをください。（の＝コーヒー）

Ａ：咖啡有熱的和冰的，你要哪一樣呢？

Ｂ：請給我熱的咖啡。

> 熱いです（丁寧形）
> 熱い　　（普通形）＋の
> ※已經知道要講的名詞是「コーヒー」，可以用「の」代替

❸ 私はお菓子を作るのが好きです。（我喜歡做糕點。）

私は　お菓子を　作る　の　が　好きです。

我 喜歡 做 糕點。　作ります

形式名詞：こと

在〔中級本－第16課・第18課〕曾學過：

● [動詞－辭書形]＋<u>こと</u>ができます（能夠 [做] ～）
● [動詞――た形]＋<u>こと</u>があります（曾經有 [做] 過～）

「動詞」＋「こと」＋「が」，是因為下述的文法規則：

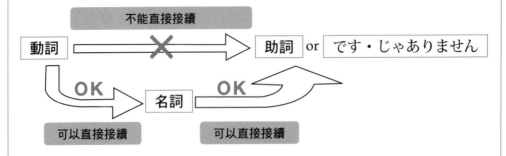

動詞不能直接接續助詞「が」，中間要加上形式上的名詞「こと」。
這一課要學的文型也是類似用法，但是有時候會將「こと」改成
「の」。

「こと」和「の」的用法差異

一定要會的！

使用：こと

● 經驗　例）私は富士山に登った こと があります。
（我曾經爬過富士山。）

登りました（丁寧形），登った（普通形）

● 能力　例）彼女はピアノを弾く こと ができます。
（她會彈鋼琴。）

弾きます（丁寧形），弾く（辭書形）＝普通形

● 可能性　例）このパソコンは突然止まる こと があります。
（這台個人電腦會突然停機。）

止まります（丁寧形），止まる（辭書形）＝普通形

● 傳達情報　例）私が明日休む こと を先生に伝えてください。
（請向老師傳達我明天要請假。）

休みます（丁寧形），休む（辭書形）＝普通形

● A是[做]B　例）先生の趣味は寝る こと です。
（老師的興趣是睡覺。）

寝ます（丁寧形），寝る（辭書形）＝普通形

● 忠告　例）痩せたかったら、甘いものを食べない こと です。

（想要瘦的話，不要吃甜的東西。）

食べません（丁寧形），食べない（普通形）
痩せます （ます形去掉ます）＋たいです → 痩せたいです
痩せたかった（痩せたい的た形）
痩せたかった ＋ ら　是條件表現

使用：の

● 好惡・巧拙※　例）私 は映画を見る　[の]　が好きです。
　　※ 也可以用「こと」
　　・但較常用「の」。
　　　　　　　　　（我喜歡看電影。）

見ます（丁寧形），見る（辭書形）＝普通形

● 視覺的內容　例）犬が喧嘩している　[の]　を見ました。

（（我）看到狗正在吵架。）

喧嘩しています（丁寧形），喧嘩している（普通形）

● 速度　　　　例）東 京 の人は歩く　[の]　が速い。

（東京的人走路很快。）

歩きます（丁寧形），歩く（普通形）

● 代替名詞　　例）この服と同じデザインでもっと大きい　[の]
はありませんか。（の＝服）

（和這件衣服設計相同、而且尺寸更大的有嗎？）

大きいです（丁寧形），大きい（普通形）

　　　　　　　例）社員旅行に参加しない　[の]　は誰ですか。
（の＝人）

（不要參加員工旅行的人是誰？）

参加しません（丁寧形），参加しない（普通形）

例）　私 が生まれた　[の]　は東 京 の杉 並 区です。
（の＝所）

（我出生的地方是東京的杉並區。）

生まれました（丁寧形），生まれた（普通形）

● 具體的某事　例）あ、コンビニで新 聞を買う　[の]　を忘れてしまった。

（啊！（我）忘記在便利商店買報紙了。）

買います（丁寧形），買う（辭書形）＝ 普通形
～てしまった（表示無法挽回的遺憾）

文型整理

な形容詞
[普通形 （　な　）]の　　は／が／を…等等　＜形式名詞＞的「の」

現在肯定形
[　名詞　]※

※如果是「な形容詞」的「現在肯定形普通形」，需要有「な」再接續「の」及後面。
※如果是「名詞」的「現在肯定形普通形」，則不需要有「の」，直接接續後面。

例文

● [読みます]　小 説を読むのが好きです。
　　※動詞　　　　　　　表示：焦點（初級本07課）

（（我）喜歡看小說。）

読む（辭書形）＝ 普通形
表示「好惡」→ 用「の」

● 散歩します　朝散歩するのは気持ちがいいです。
※ 動詞　　　　　　表示：主題（初級本 01 課）

（早上散步很舒服。）

散歩する（辭書形）＝ 普通形
表示「具體的某事」→ 用「の」

● 持って来ます　保険証を持って来るのを忘れました。
※ 動詞　　　　　　　　表示：動作作用對象（初級本 05 課）

（（我）忘記帶健保卡來了。）

持って来る（辭書形）＝ 普通形
表示「具體的某事」→ 用「の」

筆記頁

空白一頁，讓你記錄學習心得，也讓下一頁的「學習目標」，能以跨頁呈現，方便於對照閱讀。

がんばってください。

（請加油！）

[28課] 學習目標 99 疑問節

❹ いつ日本へ旅行に行くか、まだわかりません。
（什麼時候要去日本旅行，（我）還不知道。）

いつ　日本へ　旅行に　行く　か　、まだ　わかりません 。

什麼時候　要去　日本　旅行，（我）還 不知道 。　行きます

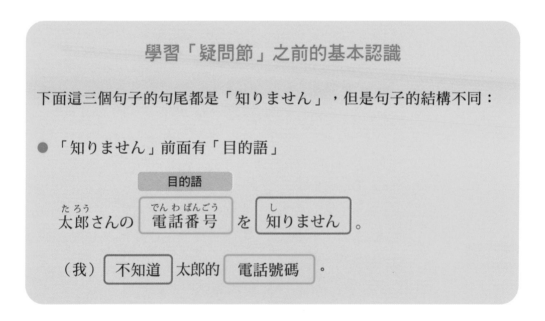

學習「疑問節」之前的基本認識

下面這三個句子的句尾都是「知りません」，但是句子的結構不同：

● 「知りません」前面有「目的語」

目的語

太郎さんの　電話番号　を　知りません 。

（我）不知道 太郎的 電話號碼 。

● 「知りません」前面有「目的節」,「目的節」有「疑問詞：いつ」

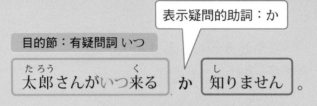

表示疑問的助詞：か

目的節：有疑問詞 いつ

太郎さんがいつ来る か 知りません。

（我） 不知道 太郎什麼時候會來。

※ 因為「目的節」有疑問詞,所以後面要有表示疑問的助詞「か」。

● 「知りません」前面有「目的節」,「目的節」沒有「疑問詞」

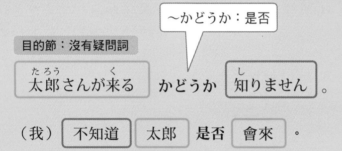

〜かどうか：是否

目的節：沒有疑問詞

太郎さんが来る かどうか 知りません。

（我） 不知道 太郎 是否 會來。

※「目的節」沒有疑問詞,但是為了要表達疑問的語氣,所以後面加
　上「かどうか」（是否）,用「かどうか」來表示疑問。

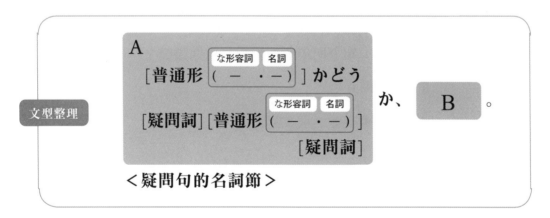

文型整理

A
　　　　　　　な形容詞　名詞
[普通形（ー・ー）] かどう
　　　　　　　　　　　な形容詞　名詞
[疑問詞] [普通形（ー・ー）]　　か、　 B 　。
　　　　　　　　　　　　[疑問詞]

＜疑問句的名詞節＞

※「名詞」、「な形容詞」的「現在肯定形普通形」,直接接續「かどうか」,不需要
　加「だ、な、の」。
※ 如果前句的疑問詞在最後,直接加「か」,再接續後句。

● **います**
※ 動詞

A：山田さんは子供がいますか。

B：さあ、いるかどうかわかりません。
　　　　　　　　表示「不曉得」的語氣

A：山田先生有小孩嗎？

B：哎…我不知道是否有沒有。

いる（辭書形）= 普通形

● **到着します**
※ 動詞

ＪＬ４０７便は何時に到着するか調べてください。
　　　　　　　　　（疑問詞）　　　　　　請對方查詢（中級本 14 課：て形用法）

（請查詢JL407航班什麼時候會抵達。）

到着する（辭書形）= 普通形

● **何曜日**
※ 疑問詞

A：来年のクリスマスは何曜日かわかりますか。
　　　　　　　　聖誕節

B：金曜日ですよ。

A：（你）知道明年的聖誕節是星期幾嗎？

B：是星期五唷。

何曜日（疑問詞）＋ か ＋ 後句

筆記頁

空白一頁，讓你記錄學習心得，也讓下一頁的「應用會話」，能以跨頁呈現，方便於對照閱讀。

がんばってください。

（請加油！）

司会者：それでは、久しぶりに皆さんに会えたことを祝って、乾杯！

隔了好久（做副詞用法）　可以見面（中級本 20 課：可能形用法）

皆：乾杯！

鈴木：たくさん人がいますね。みんな佐藤さんの同級生ですか。

同學

佐藤：そうですね。でも、私が知っている人は半分くらい*ですね。

大約一半

鈴木：あ、あの人は佐藤さんの知り合いですか。

熟人

佐藤：どの人ですか。

鈴木：ほら、あそこでグラスを持って、ひげを生やしている人。

你看　　留著鬍子。表達目前狀態（中級本 14 課：て形用法）

佐藤：ああ、知っていますよ。一緒の絵画サークルで活動してい

相同　　表示：動作進行地點（初級本 03 課）

た石井くんです。彼は水彩画をかくのがとても上手なん

擅長

ですよ。

鈴木：佐藤さんも絵をかくんですか。

畫　　表示「關心好奇」

佐藤：いや、僕はサークル仲間同士で飲みに行くのが目的だった

表示：行動單位（初級本04課）

から、絵をかくのはちょっと…。

鈴木：はは、佐藤さんらしいですね。ところで、いつも話題に出てく

有〜的風格　　　　　　對了　　　　　　表示：到達點（出現）

る天野さんは今日、来ているんですか。

佐藤：ああ、来ているかどうかわからないけど、えっと…。

一種委婉的語氣・表示說話者說到一半省略後面想說的

ああ、いました。あの人です。

鈴木：え、どこですか。

佐藤：あの眼鏡をかけている人ですよ。あの青い服を着ていて、

戴著眼鏡。表達目前狀態（中級本14課：て形用法）

背が高い人。おーい、天野くん。

個子高的

天野：おお、佐藤くん。久しぶり！元気だった？

好久不見

佐藤：うん、相変わらずだよ。天野くんは？

跟往常一樣唷

天野：最近、仕事を換えて忙しくなったんだ。

變忙（中級本16課：い形容詞－い＋くなります）

…こちらの人は？

這位

佐藤：ああ、僕（ぼく）の友達（ともだち）の鈴木（すずき）さん。今（いま）、出版社（しゅっぱんしゃ）で働（はたら）いているん

<u>在上班。表達目前狀態（中級本 14 課：て形用法）</u>

だ。

鈴木（すずき）：はじめまして、鈴木（すずき）です。天野（あまの）さんの話（はなし）は佐藤（さとう）さんからよ

<u>事情</u>　　　　　　　　<u>表示：動作的對方</u>

く聞（き）いています。

<u>聽到。表達目前狀態（中級本 14 課：て形用法）</u>

天野（あまの）：天野（あまの）です。佐藤（さとう）くんとは学生時代（がくせいじだい）、一緒（いっしょ）にアルバイトし

<u>和。表示：動作夥伴（初級本 03 課）</u>

ていた仲（なか）なんです。

<u>關係、交情</u>

佐藤（さとう）：懐（なつ）かしいなあ。今（いま）、あのバイト先（さき）、まだあるのかな。

<u>打工的地方</u>

天野（あまの）：うーん、僕（ぼく）もしばらく大学（だいがく）のほうへ行（い）ってないから、

<u>好久</u>

まだあるかどうかわからないけど、今度（こんど）、大学（だいがく）へ行（い）く機会（きかい）があ

<u>表示「前言」的用法</u>

るから、ついでに＊見（み）てくるよ。

<u>順便</u>　　　<u>去看一下</u>

主持人：那麼，慶祝大家隔了好久可以見面，乾杯！

大家：乾杯！

鈴木：有好多人耶。大家都是佐藤先生的同學嗎？

佐藤：對啊。但是我認識的人大約是一半吧。

鈴木：啊，那個人是佐藤先生的熟人嗎？

佐藤：哪一個人？

鈴木：你看，在那邊拿著玻璃杯，留著鬍子的人。

佐藤：啊…我認識唷。是在同一個繪畫社團活動的石井同學。他畫水彩畫非常擅長唷。

鈴木：佐藤先生也畫畫嗎？

佐藤：不不，因為我的目的是跟社團的同伴去喝酒，所以畫畫有點…。

鈴木：哈哈，真有佐藤先生的風格啊。對了，總是在話題中出現的天野先生今天有來嗎？

佐藤：啊…我不知道目前有沒有來，嗯…。啊！有來。是那個人。

鈴木：咦？在哪裡？

佐藤：是那個戴著眼鏡的人唷。那個穿著藍色衣服，個子高高的人。喂～天野同學。

天野：啊！佐藤同學。好久不見。你過得好嗎？

佐藤：嗯，跟往常一樣唷。天野同學呢？

天野：我最近換工作，變得好忙呀。…這位是？

佐藤：啊…是我的朋友—鈴木小姐。現在在出版社上班。

鈴木：初次見面，我是鈴木。關於天野先生的事情，我經常從佐藤先生那裡聽到。

天野：我是天野。我和佐藤同學是學生時代一起打工的交情。

佐藤：好懷念啊！現在，那個打工的地方還在嗎？

天野：嗯…因為我也好久沒有去大學那邊了，我不知道還在不在，因為下次有機會去大學，所以我順便去看一下吧。

● 「數量詞＋くらい（ぐらい）」（大約～、～左右）：表達大概的數量或時間量。

（例）昨日3時間くらい日本語を勉強しました。 勉強します

（（我）昨天大約學習了3個小時的日文。）

● 「時間點＋くらいに」（大約在～時間帶）：表達大概的時間點。

（例）午後3時くらいに電話してください。 電話します

（請在下午3點左右打電話。）

※此時的「くらいに」可替換成「ごろに（頃に）」，一般較常用「ごろに（頃に）」。

---

* 「ついでに」（順便）除了單獨使用，也能有其他接續：

● 動作性名詞 ＋ の ＋ ついでに、～

散歩のついでに、町の風景を撮りました。

（散步時，順便拍攝了城鎮的風景。）

撮ります

● 動詞－た形／辭書形 ＋ ついでに、～

学校へ行ったついでに、手紙を出しました。

（去學校時，順便寄了信。）

行きます・出します

顔を洗うついでに、眼鏡を拭くつもりです。

（打算洗臉時，順便擦拭眼鏡。） 洗います・拭きます

筆記頁

空白一頁，讓你記錄學習心得，也讓下一頁的「關連語句」，能以跨頁呈現，方便於對照閱讀。

がんばってください。

（請加油！）

說明水墨畫是在北京買的

A：これは北京で買った水墨画です。
　　表示：動作進行地點（初級本 03 課）

B：へえ、とてもきれいですね。

A：這是在北京買的水墨畫。
B：哦！非常美麗耶。

說明這裡是常去的美容院

A：ここは私がよく行く美容院です。

B：そうですか、じゃあ、私も今度行ってみます。
　　去看看（中級本 14 課：て形用法）

A：這裡是我經常去的美容院。
B：這樣子啊。那麼，我下次去看看。

指出自己想要的是白色的手機

A：どの携帯電話が欲しいんですか。
　　表示：焦點（初級本 07 課）

B：私が欲しいのはこの白い携帯電話です。
「が」表示述語（欲しい）的主體（＝主語）是「私」。
不使用「は」的原因是「欲しいの」後面有表示主題的「は」，
所以「私」後面不能再用「は」，要用「が」。

A：你想要的是哪支手機呢？
B：我想要的是這支白色的手機。

說明日本人吃飯跟走路都很快

A：日本人は歩くのがとても速いですね。
要求同意的語氣（初級本01課）

B：ええ、ご飯を食べるのもとても速いですよ。

> A：日本人走路非常快耶。
> B：對啊，吃飯也非常快唷。

詢問對方未來是否要結婚

A：将来、結婚しますか？

B：うーん、結婚するかどうかまだわかりません。
表示思考

> A：你將來要結婚嗎？
> B：嗯…我還不知道會不會結婚。

表示不清楚陳先生何時來日本

A：陳さんがいつ日本へ来たか
知っていますか。
知道。表達目前狀態（中級本14課：て形用法）

B：さあ、私はよくわかりません。
表示「不曉得」的語氣

> A：你知道陳先生什麼時候來到日本的嗎？
> B：哎…我不太清楚。

第29課

かじ　お　　ばあい　けいびいん　しじ　したが
火事が起きた場合は警備員の指示に 従 ってください。
火災發生時，請聽從警衛的指示。

本課單字

語調	發音	漢字・外來語	意義
3	おきま￣す	起きます	發生
5	したがいま￣す	従います	遵從
3	けしま￣す	消します	關掉
4	こまりま￣す	困ります	困擾
5	りようしま￣す	利用します	利用
5	にゅうしゃしま￣す	入社します	進入公司（就職）
3	やきま￣す	焼きます	烤
5	はっしゃしま￣す	発車します	發車
6	こうどうしま￣す	行動します	行動
6	せつめいしま￣す	説明します	說明
5	おさまりま￣す	収まります	平息
5	かいししま￣す	開始します	開始
4	おこりま￣す	怒ります	責罵
3	なれま￣す	慣れます	習慣
5	はじまりま￣す	始まります	開始
6	にゅうじょうしま￣す	入場します	入場
3	あびま￣す	浴びます	淋浴
0	れいせい	冷静	冷靜的
2	すみ￣やか	速やか	迅速的
0	しんじん	新人	新人、新手
1	あ￣かちゃん	赤ちゃん	嬰兒
0	ゆれ	揺れ	搖晃
2	とき￣	時	時候

語調	發音	漢字・外來語	意義
0	ばあい	場合	時候、場合
3	けいびいん	警備員	警衛
1	しじ	指示	指示
4	ひとりぐらし	一人暮らし	單身生活、一個人生活
1	くんれん	訓練	訓練
0	かさい	火災	火災
3	～いちどう	～一同	全體～
1	せんしゅ	選手	選手
1	シャワー	shower	淋浴
5	ぼうさいくんれん	防災訓練	防災訓練
5	きんきゅうほうそう	緊急放送	緊急廣播
0	わすれものあずかりじょ	忘れ物預り所	失物招領處
0	おりかえし	折り返し	回覆（電話、書信）
4	たったいま	たった今	剛才
1	あとで	後で	稍後、之後
1	おおきな	大きな	大的
1	かくじの	各自の	各自的

招呼用語　＊發音有較多起伏，請聆聽 MP3

發音	意義
それでは（それじゃ）	那麼
ただいま	我回來了
いただきます	我要開動了

❶ 家へ帰る時、家族にお土産を買って帰ります。
（要回家時，我要給家人買名產後再回去。）

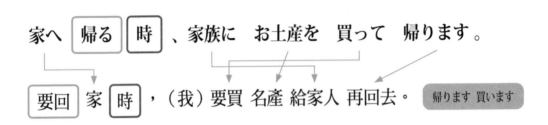

要回 家 時 ，（我）要買 名產 給家人 再回去。 帰ります 買います

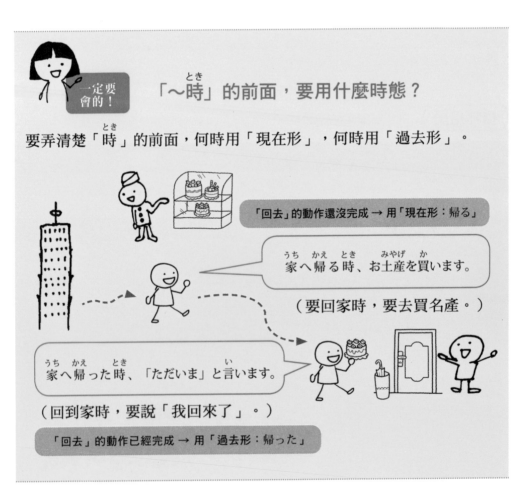

「～時」的前面，要用什麼時態？

要弄清楚「時」的前面，何時用「現在形」，何時用「過去形」。

「回去」的動作還沒完成 → 用「現在形：帰る」

家へ帰る時、お土産を買います。

（要回家時，要去買名產。）

家へ帰った時、「ただいま」と言います。

（回到家時，要說「我回來了」。）

「回去」的動作已經完成 → 用「過去形：帰った」

「時」的前句・後句時點說明：

● 地點・時點

	購買地點	說話時點
フランスへ行く時、かばんを買います。 （去法國（途中）時，（我）要買包包。）	抵達 法國 前	法國 旅行 前
フランスへ行った時、かばんを買います。 （去到法國之後，（我）要買包包。）	抵達 法國 後	法國 旅行 前
フランスへ行く時、かばんを買いました。 （去法國（途中）時，（我）買了包包。）	抵達 法國 前	法國 旅行 後
フランスへ行った時、かばんを買いました。 （去到法國之後，（我）買了包包。）	抵達 法國 後	法國 旅行 後

● 時點的過程

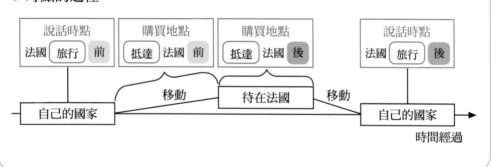

文型整理

A $\left[\begin{array}{c}\text{な形容詞 名詞}\\ \text{普通形 (な・の)}\end{array}\right]$ 時、 B 。　　A的時候，B

※ 如果是「な形容詞」的「現在肯定形普通形」，需要有「な」再接續。

※ 如果是「名詞」的「現在肯定形普通形」，需要有「の」再接續。

※ 使用「時」的時候，有些人可能有以下的區分：

表示「時間點」時，使用漢字「時」；表示「狀況」時，使用平假名「とき」，

本書則統一使用漢字「時」。

● 暑い
　↓
　暑くない

暑くない時はクーラーを消してください。
（あつ）（とき）　　　　　　　　　（け）
　　　　　　　　表示：區別　　　　　請關掉（中級本 14 課：て形用法）

（不熱的時候，請把冷氣關掉。）

暑くないです（丁寧形），暑くない（普通形）

● 暇（な）
※ な形容詞

暇な時、いつも何をしていますか。
（ひま）（とき）　　　　　（なに）
　　　　　　　總是　習慣做（中級本14課：て形用法）

（閒暇的時候，（你）總是做什麼呢？）

暇（普通形－現在肯定形）＋ な ＋ 時

● 学生
※ 名詞

学生の時、よくこの店で昼ご飯を食べました。
（がくせい）（とき）　　　　　（みせ）（ひる）（はん）（た）
　　　　　　　　　　表示：動作進行地點（初級本 03 課）

（學生時代，（我）經常在這間店吃午餐。）

学生（普通形－現在肯定形）＋ の ＋ 時

筆記頁

空白一頁，讓你記錄學習心得，也讓下一頁的「學習目標」，能以跨頁呈現，方便於對照閱讀。

がんばってください。

（請加油！）

❷ かいしゃ やす ばあい じょうし れんらく
会社を休む場合は上司に連絡してください。
（要向公司請假時，請聯絡上司。）

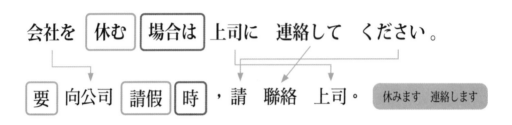

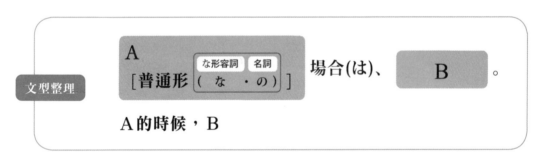

※ 如果是「な形容詞」的「現在肯定形普通形」，需要有「な」再接續。
※ 如果是「名詞」的「現在肯定形普通形」，需要有「の」再接續。

「～場合」的文型

「～場合」的文型有「前句」和「後句」：

> （前句）＋ 場合（は）、＋（後句）。

● 前句：假設某一種狀況
● 後句：針對前句的狀況，說明「指示、要求」等

前句‧後句一定要吻合上述的原則，才能使用「～場合」。

要注意！

「～時」和「～場合」的使用區別

「時」的使用範圍較廣，包含「場合」的適用範圍；但是「場合」的使用範圍較小，不包含「時」的適用範圍。

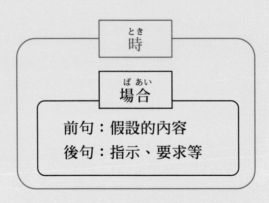

（續下頁）

（續上頁）

● 可以使用「場合{ばあい}」，一定可以使用「時{とき}」

（○） 携帯電話{けいたいでんわ}を失{な}くした場合{ばあい}は電話会社{でんわがいしゃ}に連絡{れんらく}してください。
　　　（遺失手機時，請聯絡電信公司。）

> 「前句」為假設狀況，「後句」是針對前句狀況說明「指示、要求」，
> 所以可以使用「場合」。

（○） 携帯電話{けいたいでんわ}を失{な}くした時{とき}は電話会社{でんわがいしゃ}に連絡{れんらく}してください。
　　　（遺失手機時，請聯絡電信公司。）

> 失くします　　（ます形）
> 失くしました（丁寧形－ます形的過去肯定形ました）
> 失くした　　　（普通形－過去肯定形た形）

● 可以使用「時{とき}」，未必能夠使用「場合{ばあい}」

（○） 携帯電話{けいたいでんわ}を失{な}くした時{とき}、とても困{こま}りました。
　　　（遺失手機時，感到很困擾。）

（×） 携帯電話{けいたいでんわ}を失{な}くした場合{ばあい}、とても困{こま}りました。

> 「後句」是過去形「～ました」，是已經發生的事實，表示「前句」
> 並非假設的狀況，所以不能使用「場合」。

● 子供 　この店は子供の場合は半額で利用できます。
※ 名詞
　　　　　　　　　　　　　　可以使用（中級本 20 課：可能形用法）

（這間店，如果是小朋友，可以用半價使用。）

子供（普通形－現在肯定形）＋ の ＋ 場合

● 来ます 　３０分待っても来ない場合は店に
※ 動詞
連絡したほうがいいですよ。
聯絡比較好（中級本 18 課：た形用法）

（如果等了30分鐘也沒有來的話，和店家聯絡比較好唷。）

来ません（丁寧形－ます形的現在否定形ません）
来ない　（普通形－現在否定形ない形）

● ひきます 　風邪をひいた場合は水を飲んでゆっくり寝てください。
※ 動詞
　　　　　　　　　　　　　　　表示動作順序（中級本 15 課：て形用法）

（如果感冒了的時候，請喝水，然後好好地睡覺。）

ひきました（丁寧形－ます形的過去肯定形ました）
ひいた　　（普通形－過去肯定形た形）

※「過去肯定形た形」也適用於表示「動作的完成」
　這裡的「ひいた」並不是表示過去發生，而是指「動作完成／完了」

❸ 彼は日本に来たばかりです。（他剛來日本。）
かれ　にほん　き

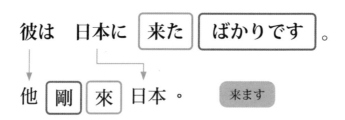

| 文型整理 | [動詞－た形] ｜ ばかりです　　剛剛[做]～ |

例文

● 食べます　今ご飯を食べたばかりですから、おなかが空いていません。
　　　　　　いま　はん　た　　　　　　　　　　　　　　　　　す
　※動詞　　　　　　　　　　　　　　肚子不餓。表達目前狀態（中級本14課：て形用法）

（因為現在剛吃了飯，所以肚子不餓。）

食べました（ます形的過去肯定形ました）
食べた　　　（た形）

● 始めます 一人暮らしを始めたばかりの時はとても寂しかったです。
※動詞 表示：區別

（剛開始一個人生活的時候，非常寂寞。）

> 始めました　　（ます形的過去肯定形ました）
> 始めた　　　　（た形）
>
> ─────────────────────────
>
> 寂しいです　　（現在肯定形）
> 寂しかったです（過去肯定形）

● 入社します 彼は今年入社したばかりの新人です。
※動詞

（他是今年剛進入公司的新人。）

> 入社しました（ます形的過去肯定形ました）
> 入社した　　（た形）

❹ これから出^でかけるところです。（（我）現在正要出門。）

これから 出かける ところです 。

（我）現在 正 要出門 。　　　出かけます

[動詞－辭書形]	ところです	正要 [做] ～
[動詞－て形] いる		正在 [做] ～
[動詞－た形]		剛剛 [做] ～

文型整理

要注意！ 區別：正要 [做] ～、正在 [做] ～、剛剛 [做] ～

下面要教大家區別這些意思非常接近的用法。雖然有些文型的翻譯相同，但是並非每一種情況都可以互換使用。要非常注意！

辭書形	ところです	（正要 [做] ～）
て形	います	（正在 [做] ～）
て形	いるところです	（正在 [做] ～）
た形	ばかりです	（剛剛 [做] ～）
た形	ところです	（剛剛 [做] ～）

● 只能用 て形+います

非階段性的動作

赤ちゃんが笑っています。（嬰兒正在笑。）

笑います（ます形），笑って（て形）
嬰兒是想笑就笑，不屬於階段性的動作，所以只能使用
「て形+います」。

● 只能用 た形+ばかり

經過了一段時間

私は今年の4月に会社に入ったばかりです。

（我今年4月才剛進入公司。）

入ります（ます形），入った（た形）

敘述過去的狀態

3年前、日本に来たばかりの時は日本語が

話せませんでした。

（（我）3年前剛來日本時，不會說日文。）

来ます（ます形），来た（た形）
話します（ます形），話しません（ます形的否定形）
話しませんでした（ます形的過去否定形）

後面接續名詞

焼いたばかりのパン。（剛烤好的麵包。）

焼きます（ます形），焼いた（た形）
動詞た形 ＋ ばかり ＋ の ＋ 名詞

● 綜合比較

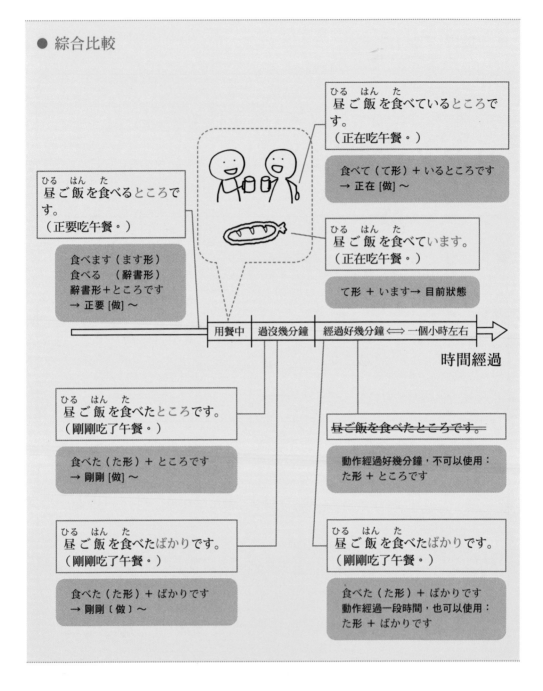

昼ご飯を食べているところです。
（正在吃午餐。）

食べて（て形）＋いるところです
→ 正在 [做] 〜

昼ご飯を食べるところです。
（正要吃午餐。）

食べます（ます形）
食べる　（辭書形）
辭書形＋ところです
→ 正要 [做] 〜

昼ご飯を食べています。
（正在吃午餐。）

て形 ＋ います→ 目前狀態

用餐中　過沒幾分鐘　經過好幾分鐘 ⇔ 一個小時左右

時間經過

昼ご飯を食べたところです。
（剛剛吃了午餐。）

食べた（た形）＋ところです
→ 剛剛 [做] 〜

~~昼ご飯を食べたところです。~~

動作經過好幾分鐘，不可以使用：
た形 ＋ ところです

昼ご飯を食べたばかりです。
（剛剛吃了午餐。）

食べた（た形）＋ばかりです
→ 剛剛〔做〕〜

昼ご飯を食べたばかりです。
（剛剛吃了午餐。）

食べた（た形）＋ばかりです
動作經過一段時間，也可以使用：
た形 ＋ ばかりです

● 出ます
※ 動詞

今から 会議に 出る ところ ですから、 1 時間後に

表示：出現點　　　　　　　　　表示：動作進行時點（初級本 03 課）

折り返し 電話します。

（因為（我）現在正要參加會議，所以1小時後回電話給你。）

> 出ます（ます形）， 出る（辭書形）
> 動詞辭書形 ＋ ところです　正要[做]～　的說法

● 決まります
　 探します
※ 動詞

A：住む 場所は 決まりましたか。

B：今、 探している ところです。

A：（你）已經決定好住的地方了嗎？

B：（我）現在正在找。

> 決まります（ます形）， 決まりました（ます形的過去形）
> ----
> 探します（ます形）， 探して（て形）
> 動詞て形 ＋ いる ＋ ところです　正在[做]～　的說法

● 発車します
※ 動詞

A：10時の 電車は まだですか。

B：たった今、 発車した ところですよ。
　 剛才

A：10點的電車還沒來嗎？

B：剛剛才發車唷。

> 発車します（ます形）， 発車した（た形）
> 動詞た形 ＋ ところです　剛剛[做]～　的說法

陳：これから何が始まるんですか。

同僚：今から防災訓練をするところです。

陳：へえ、会社でも防災訓練をするんですか。
表示：動作進行地點（初級本03課）

同僚：ええ、最近大きな地震があったばかりですからね。
因為（初級本07課）　表示：親近・柔和

陳：そうですね。訓練をすれば、本当に地震や火事が起きた時、
如果做…的話（中級本21課：條件形「～ば」用法）

冷静に行動できますね。
可以行動　　　表示：親近・柔和
（中級本20課：可能形用法）

上司：それでは、防災訓練の説明をします。地震の場合は

揺れが収まるまで*部屋から出ないでください。
平息為止　　　　　　請不要出來（中級本17課：ない形用法）

火事が起きた場合はまず緊急放送をよく聞いて
首先　　　　　　　　仔細地

警備員の指示に従ってください。10分後に訓練を開始
表示：方面

しますから、それまでは各自の仕事をしていてください。
在那之前

（１０分後、緊 急 放 送）

放 送：訓 練 訓 練、ただいま* １５階 社 長 室で火 災 発 生。
　　　　　　　　剛剛

社 員 一 同はすみやかに 廊 下に 出てください。
全體員工　　　迅速地（中級本 22 課：形容詞的副詞用法）

同 僚：陳さん、さあ、行きましょう。

陳：あ、本 当に 外へ 出るんですか。ご飯を食べたばかりで、
　　　　　　　　　　　　　　　　　　　　　　　　表示：原因

動きたくないんですけど…。
不想動　　　　表示「前言」的用法

同 僚：そんなこと 言ったら、あとで 上 司に 怒られますよ。さあ、
　　　　　　　　　　説…的話　　　　　　　　　　被罵
　　　　　　　（中級本 21 課：「～たら」的用法）　（中級本 23 課：受身形用法）

早く。

陳：はーい、わかりました。

陳：現在要開始什麼活動嗎？

同事：現在開始，正要做防災訓練。

陳：哦！在公司也要做防災訓練嗎？

同事：對啊。因為最近剛剛發生大地震啊。

陳：說得也是。如果進行訓練的話，真的發生地震或火災之類的時候，才可以冷靜地行動。

上司：那麼，我來說明防災訓練。地震的時候，一直到搖晃平息為止，請不要從房間出來。發生火災的時候，首先請仔細聆聽緊急廣播，再遵從警衛的指示。因為10分鐘後要開始進行訓練，在那之前請先做各自的工作。

（10分鐘後，緊急廣播）

廣播：訓練訓練，剛剛在15樓的社長辦公室發生火災。請全體員工迅速地外出到走廊。

同事：陳小姐，來吧，走吧。

陳：啊…真的要出去外面嗎？因為我剛剛吃完飯，不想動。

同事：如果說那種話，之後會被上司罵唷。來吧，快點。

陳：好啦，我知道了。

● （前句）＋時間詞／動詞辭書形＋まで ＋（後句）：
在某時間點／動作為止，一直維持後句的動作或狀態。

● （前句）＋時間詞／動詞辭書形＋までに ＋（後句）：
在某時間點／動作之前，要做後句的動作。

【時間詞＋まで】

レポートの締め切りは明日です。明日の 8 時まで待っています。

（報告的截止日是明天，我會等到明天8點為止。）

後句是：待っています（等待的狀態）
待ちます（ます形），待って（て形）

【時間詞＋までに】

わかりました。明日の 8 時までに出します。

（我知道了。我會在明天8點前交出去。）

後句是：出します（要交出去）

＊「ただいま」當副詞時 ＝「たった今」（剛剛）

另外，日本人回到家時也會對家人說「ただいま」，這是省略說法，完整的表達是：

● ただいま帰りました。（我剛剛回來了。）家人則會回應：

● お帰りなさい。（你回來了。）

關連語句

說明寂寞時如何打發時間

A：寂しい時、どうしますか。
　　さび　　とき

B：友達に電話をかけたりテレビを見たりします。
　　ともだち　でんわ　　　　　　　　　　　　み
　　　　打電話、看電視等等（中級本18課：た形用法）

A：寂寞的時候，你會怎麼
　　做？
B：我會打電話給朋友、看
　　電視等等。

詢問日本人要吃飯時會說什麼

A：日本人はご飯を食べる時に
　　にほんじん　　はん　た　　とき

　何と言いますか。
　　なん　い
　　表示：提示內容

B：「いただきます」と言います。
　　　　　　　　　　　　　　い
　　我要開動了。吃飯前的招呼用語

A：日本人在吃飯的時候會說
　　什麼？
B：會說「我要開動了」。

詢問東西遺忘在電車上該怎麼辦

A：電車に忘れ物をした場合は
　　でんしゃ　わす　もの　　　ばあい
　　　　表示：歸著點

　どうすればいいですか。

B：忘れ物 預り所へ行ってください。
　　わす　ものあずか じょい
　　失物招領處　　請去（中級本14課：て形用法）

A：遺失東西在電車上的時候，
　　應該怎麼辦才好？
B：請去失物招領處。

說明剛進入公司，還不習慣工作

A：仕事にはもう慣れましたか。
表示：方面

B：先月会社に入ったばかりですから、
表示：進入點（初級本12課）

まだ慣れません。
不習慣

A：工作已經習慣了嗎？
B：因為上個月剛剛進入公司，所以還不習慣。

說明參賽選手正在入場

A：試合はもう始まりましたか。

B：今、選手が入場しているところです。
表示：述語的主體

A：比賽已經開始了嗎？
B：現在選手正在入場。

說明自己剛回家，準備洗澡

A：今、何をしていますか。

B：ちょうど家へ帰ったところです。
正好

これからシャワーを浴びます。
淋浴洗澡

A：你現在正在做什麼？
B：我正好剛剛回到家。現在要淋浴洗澡。

第 30 課

スカイツリーへ連_つれて行_いってあげたらどうですか。
帶他們去晴空塔如何呢？

本課單字

語調	發音	漢字・外來語	意義
3	やりま￣す		給予（對下位立場者、動物或植物）
5	いただきま￣す		得到
6	しょうかいしま￣す	紹介します	介紹
2、7	おせ￣わになりま￣す	お世話になります	受照顧
6	おかえしします	お返しします	回禮
5	ものたりな￣い	物足りない	不夠充足的
0	あね	姉	姊姊
4	おとうと￣	弟	弟弟
0	いざかや	居酒屋	居酒屋
0	みず	水	水
1	ぶ￣んか	文化	文化
0	おさけ	お酒	酒
1	ち￣ちのひ	父の日	父親節
4	インドネ￣シア	Indonesia	印尼

表現文型 ＊發音有較多起伏，請聆聽 MP3

發音	意義
～だけじゃ	只有～的話

筆記頁

空白一頁，讓你記錄學習心得，也讓下一頁的「學習目標」，能以跨頁呈現，方便於對照閱讀。

がんばってください。

（請加油！）

授予動作好處的表現①

❶ 私は友達に料理を作ってあげました。
（我為朋友做菜。）

作ります あげます

給予「有形物品」vs. 給予「動作好處」
[～をあげます] [～て形＋あげます]

● 〔初級本－第08課〕學過「給予別人有形物品」的文型：

| 動作主 | は | 對方 | に | 東西 | を あげます |

● 除了「有形的物品」，也可以給予別人「無形的動作好處」，這時候要用「動詞て形」來接續：

有形的物品

| 施惠者 | は | 受惠者 | に | 東西：名詞 を
動作的好處：て形 | あげます |

無形的動作好處

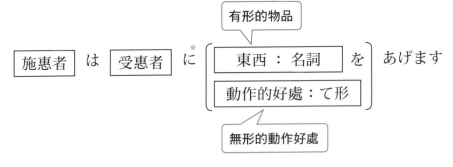

（我要送朋友禮物。）
（我要為朋友做菜。）

作ります（ます形），作って（て形）

要注意！ 「～てあげます」的注意要點

● 如果「動作主」（施惠者）是說話者本人，常常會省略「 私 は」。
　　　　　　　　　　　　　　　　　　　　　　　　　　<small>わたし</small>

● 在對方面前說「～てあげます」有一點「硬要對方感恩」的語感，所以當著對方的面說「我幫你 [做] ～」時，句尾要改用「～ましょうか」（要不要幫你 [做] ～）。

● 受惠者後面的「に」（助詞：表示動作對方）會視句意而改用其他助詞：

| に → を | 私 は 友 達 │を│ 美 術 館 へ 連れて 行って あげました。 |

（我帶朋友去美術館。）

| に → の | 私 は 友 達 │の│ 荷 物を 持って あげました。 |

（我幫朋友拿行李。）

> 連れて行きます（ます形），連れて行って（て形）
> 持ちます（ます形），持って（て形）

這是因為句子原本的結構是：

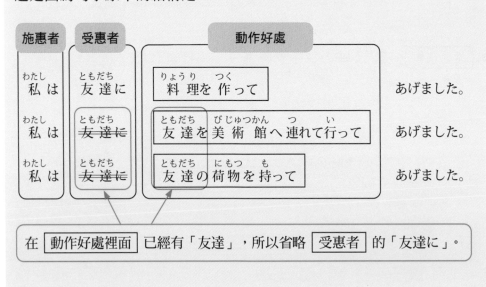

施惠者	受惠者	動作好處	
私 は	友 達に	料 理を 作って	あげました。
私 は	~~友 達に~~	友 達を 美 術 館へ 連れて 行って	あげました。
私 は	~~友 達に~~	友 達の 荷 物を 持って	あげました。

在 [動作好處裡面] 已經有「友達」，所以省略 [受惠者] 的「友達に」。

A は B に ※ [動詞－て形] あげます　A幫B[做]～

※ 有時候「に」會換成其他的助詞

例文

● 教えます
　あげます
※ 動詞

私は友達に中国語を教えてあげました。

表示：動作的對方（初級本 08 課）

（我教朋友中文。）

> 教えます（ます形），教えて（て形）
> あげます（ます形），あげました（ます形的過去肯定形ました）

● 送ります
※ 動詞

田中さんは王さんを駅まで送ってあげました。

表示：動作作用對象（初級本 05 課）

（田中小姐送王先生到車站。）

> 送ります（ます形），送って（て形）
> 句子省略了「受惠者」王さんに（因為「動作好處裡面」有「王さん」）

● 洗います
※ 動詞

私は姉のシャツを洗ってあげました。

表示：所有（初級本 01 課）

（我幫姐姐洗襯衫。）

> 洗います（ます形），洗って（て形）
> 句子省略了「受惠者」姉に（因為「動作好處裡面」有「姉」）

筆記頁

空白一頁，讓你記錄學習心得，也讓下一頁的「學習目標」，能以跨頁呈現，方便於對照閱讀。

がんばってください。

（請加油！）

❷　私 は友達に駅まで 車 で送ってもらいました。
（我請朋友開車送（我）到車站。）

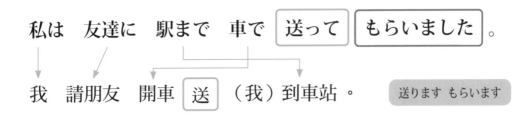

私は　友達に　駅まで　車で　送って　もらいました 。

我　請朋友　開車　送　（我）到車站 。　　送ります　もらいます

接受「有形物品」vs. 接受「動作好處」(1)
[～をもらいます]　　　[～て形＋もらいます]

- 〔初級本－第08課〕學過「接受別人有形物品」的文型：

動作主　は　對方　に　東西　を　もらいます

- 除了「有形的物品」，也可以得到「無形的動作好處」，這時候也是用「動詞て形」來接續：

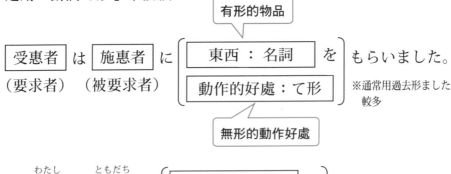

有形的物品

受惠者　は　施惠者　に　東西：名詞　を　もらいました。
（要求者）　（被要求者）　　動作的好處：て形
※通常用過去形ました較多

無形的動作好處

（例）私 は 友達に　プレゼント　を　もらいました。
　　　　　　　　　　料 理を作って

（我從朋友那裡得到禮物。）
（我請朋友為我做菜。）

作ります（ます形），作って（て形）

126

一定要會的！ 「〜てもらいます」的應用

〔中級本－第24課〕學過的「使役て形＋いただけませんか」（能否請你讓我〜）就是從「〜てもらいます」這個文型變化來的。

| 〜てもらいます |
〜ていただきます	：與「もらいます」一樣意思的「敬語表現」
〜ていただけます	：改變為「いただきます」的「可能形」
〜ていただけませんか	：改變為「否定形的疑問句」

文型整理

　A　は　B　に　[動詞－て形] もらいます

　A請B（為A）[做] 〜

例文

● 見せます　もらいます　※動詞

わたし　ともだち　きょうかしょ　み
私 は友達に 教 科書を見せてもらいました。
表示：動作的對方（初級本 08 課）

（我請朋友給我看教科書。）

見せます（ます形），見せて（て形）
もらいます（ます形），もらいました（ます形的過去肯定形ました）

● 教えます　王さんは田中さんに日本語を教えてもらいました。
※動詞　　　　　　　　　表示：動作的對方（初級本 08 課）

（王先生請田中小姐教日文。）

教えます（ます形），教えて（て形）

● 持ちます　すみませんが、荷物を持ってもらえますか。
　もらいます　　　　　　可以請你為我拿嗎？（中級本 20 課：可能形用法）
※動詞　　（不好意思，可以請你為我拿行李嗎？）

持ちます（ます形），持って（て形）
もらいます（ます形），もらえます（可能形）

128

筆記頁

空白一頁，讓你記錄學習心得，也讓下一頁的「學習目標」，能以跨頁呈現，方便於對照閱讀。

がんばってください。

（請加油！）

❸ 楊^{よう}さんは 私^{わたし}に 中国語^{ちゅうごくご}を 教^{おし}えてくれました。
（楊先生教我中文。）

楊さんは　私に　中国語を　教えて　くれました 。

楊先生　教　我　中文。　　　　教えます　くれます

接受「有形物品」 vs. 接受「動作好處」(2)
[〜をくれます]　　　[〜て形＋くれます]

- 〔初級本－第08課〕學過「別人給自己有形物品」的文型：

動作主 は 我或自己人 に 東西 を くれます

- 除了「有形的物品」，也可以得到「無形的動作好處」，這時候也是用「動詞て形」來接續：

有形的物品

施惠者 は 受惠者 に[※] 東西：名詞 を くれます。
（我或自己人） 動作的好處：て形

無形的動作好處

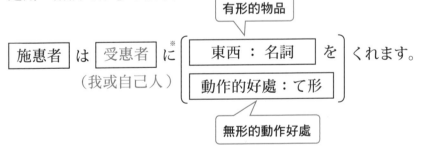

（例）友達^{ともだち} は 私^{わたし}に ┌ プレゼント を ┐ くれます。
　　　　　　　　　　　　　　└ 料理^{りょうり}を作^{つく}って ┘

（朋友送我禮物。）

（朋友幫我做菜。）

作ります（ます形），作って（て形）

助詞的改變

與「～てあげます」的用法一樣，受惠者後面的「に」（助詞：表示動作對方）會視句意而改用其他助詞。

行有餘力再多學！

「～てもらいます」與「～てくれます」的語感差異

這兩個句子是同樣的意思：

● | 私（わたし） | は | 彼女（かのじょ） | に 料理（りょうり）を | 作（つく）ってもらいました | 。

（我請女朋友為我做菜。）

● | 彼女（かのじょ） | は | 私（わたし） | に 料理（りょうり）を | 作（つく）ってくれました | 。

（女朋友幫我做菜。）

語感的差異在於：

● 使用「～てもらいます」：
感覺「私」（動作主）要求或期待「彼女」（對方）做「作ります」的動作。

● 使用「～てくれます」：
與「～てもらいます」相較，感覺「彼女」（動作主）比較主動做「作ります」的動作。

A は B に ※ [動詞－て形] くれます　A幫B[做]～

※ B是自己或自己人，「に」會視句意換成其他助詞

例文

● 貸します
　くれます
※ 動詞

ともだち わたし じしょ か
友達は 私 に辞書を貸してくれました。

表示：動作的對方（初級本 08 課）

（朋友借給我字典。）

> 貸します（ます形），貸して（て形）
> くれます（ます形），くれました（ます形的過去肯定形ました）

● 連れて行きます
※ 動詞

たかはし わたし いざかや つ い
高橋さんは 私 を居酒屋へ連れて行ってくれました。

表示：動作作用對象（初級本 05 課）

（高橋先生帶我去居酒屋。）

> 連れて行きます（ます形），連れて行って（て形）
> 句子省略了「受惠者」私に（因為「動作好處裡面」有「私」）

● 持ちます
※ 動詞

かれ わたし も
彼はいつも 私 のかばんを持ってくれます。

表示：動作作用對象（初級本 05 課）

（他總是幫我拿包包。）

> 持ちます（ます形），持って（て形）
> 句子省略了「受惠者」私に（因為「動作好處裡面」有「私」）

筆記頁

空白一頁，讓你記錄學習心得，也讓下一頁的「學習目標」，能以跨頁呈現，方便於對照閱讀。

がんばってください。

（請加油！）

❹ 私は子供に本を読んでやりました。
（我唸書給小孩（聽）。）

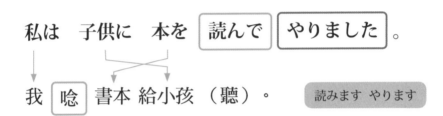

私は　子供に　本を　読んで　やりました 。

我　唸　書本 給小孩　（聽）。　　　読みます やります

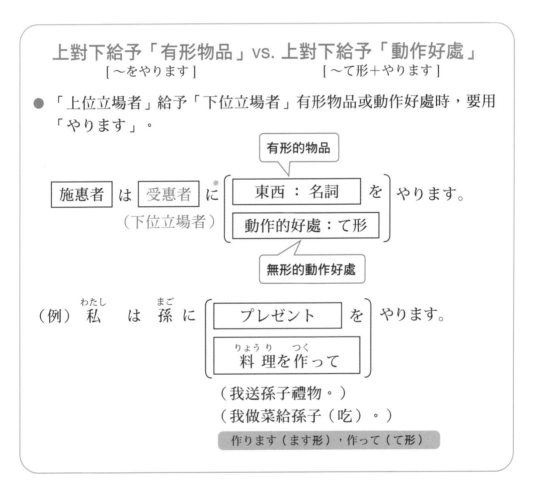

上對下給予「有形物品」 vs. 上對下給予「動作好處」
[〜をやります]　　　　　　　[〜て形＋やります]

● 「上位立場者」給予「下位立場者」有形物品或動作好處時，要用「やります」。

有形的物品

施惠者 は 受惠者 に ※ ｛東西：名詞 を｝ やります。
（下位立場者）　　 動作的好處：て形

無形的動作好處

（例）私は孫に ｛ プレゼント を ｝ やります。
　　　　　　　　 料理を作って

（我送孫子禮物。）
（我做菜給孫子（吃）。）

作ります（ます形），作って（て形）

134

要注意！ ## 不想產生自大語感時，可以改用「あげます」

有些日本人並不想強調「自己高人一等」，所以對「下位立場者」或是「動、植物」，並不使用上對下慣用的「やります」，還是用「あげます」。

文型整理

$$A \quad は \quad B \quad に \quad ^※ \quad [動詞－て形]やります \quad A幫B[做]～$$

※ B是「下位立場者」或「動、植物」，「に」會視句意換成其他助詞

一定要會的！ ## 區別：三種動作授受表現

● 比較「～てあげます」、「～てくれます」、「～てやります」的用法
● 自己人：泛指家人、很好的朋友、工作夥伴、站在同一立場的人等等

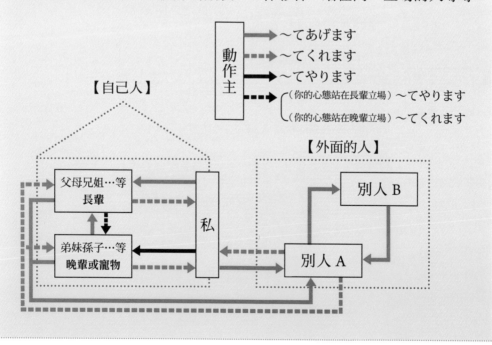

要注意！ 只有這種狀況不適用「～てもらいます」

● 只有下面這一種狀況，不適合使用「～てもらいます」：

（×） 別人 は 我 or 自己人 に ～てもらいます

● 要表達上面的句意，可以用「～てあげます」：

（○） 我 or 自己人 は 別人 に ～てあげます（我幫別人做～）

例文

● やります ※動詞

はな　みず
花に 水をやります。

表示：動作的對方（初級本08課）

（（我）給花澆水。）

> 名詞＋を＋やります　給予有形物品　的說法

● 歌います
　やります
※動詞

わたし　まご　むかし　うた　うた
私 は孫に 昔 の歌を 歌ってやりました。

表示：動作的對方（初級本08課）

（我唱老歌給孫子（聽）。）

> 歌います（ます形），歌って（て形）
> やります（ます形），やりました（ます形的過去肯定形ました）
> 動詞て形＋やります　上對下給予動作好處的　說法

● 買います
※ 動詞

娘 が生まれたら、きれいな服を買ってやりたいです。
むすめ　う　　　　　　　　　　　　　　　　ふく　か

出生之後（中級本 21 課：「～たら」的用法）

（女兒出生之後，（我）想幫她買漂亮的衣服。）

買います（ます形），買って（て形）
やり~~ます~~（ます形去掉ます）＋ たいです → やりたいです

鈴木：今度、王くんの弟が日本に遊びに来るんですよ。
表示：目的（初級本 12 課）

高橋：そうですか。この前私が台湾へ行った時は王くんたち*に
表示：修飾文節的主語（同 p096）

いろいろ案内してもらいましたから、今度は何かしてあげた
因為（初級本 07 課）

いですね。

鈴木：そうだ、スカイツリーへ連れて行ってあげたらどうですか。
對了　　　　　如果帶…去的話（中級本 21 課：「～たら」的用法）

高橋：それはいいですね。私も行ってみたいです。
想去看看（中級本 14 課：て形用法）

鈴木：それから、浅草寺へも連れて行ってあげましょうよ。日本の
然後　　　　也（初級本 01 課）

文化を紹介してあげたいです。
想為…介紹

高橋：そうですね。それから、台湾でお世話になった時は
對啊　　　還有　　　　　　受照顧

王くんはたくさんお土産を買ってくれましたから、

何かお返ししないと…。
一定要回禮…。自言自語的用法（中級本 17 課：ない形用法）

鈴木 (すずき)：日本の 薬 (くすり) はどうですか。
表示：所產（初級本 01 課）

高橋 (たかはし)：いいですね。でも、それだけじゃ*もの足 (た) りないですから、他 (ほか)
只有那些的話
に何 (なに) がいいか、ちょっとインターネットで調 (しら) べてみますね。
搜尋看看（中級本 14 課：て形用法）

中譯

鈴木：這次，小王的弟弟要來日本玩唷。
高橋：這樣子啊，因為之前我去台灣的時候，我請小王他們為我導覽介紹
　　　了很多地方，所以這次想為他們做些什麼耶。
鈴木：對了，如果帶他們去東京晴空塔的話，如何呢？
高橋：那樣不錯耶。我也想去看看。
鈴木：然後，也帶他們去淺草寺吧。我想為他們介紹日本文化。
高橋：對啊。還有因為我在台灣受他們照顧的時候，小王買了很多名產給
　　　我，一定要回點什麼禮物…。
鈴木：（送他們）日本的藥如何呢？
高橋：不錯耶。但是，只有那些的話是不夠的，所以用網路搜尋看看還有
　　　什麼其他不錯的東西吧。

＊「たち」是接尾辭

● 「人、人稱代名詞、有生命物」＋「たち」：表示複數。例如：

● 子供たち（小朋友們）　　● 生徒たち（學生們）

> 子供たちは歯を磨いています。

（小朋友們正在刷牙。）

> 磨きます（ます形），磨いて（て形）

● 犬たち（狗狗們）　　● 鳥たち（小鳥們）

> 犬たちは遊んでいます。

（狗狗們正在玩耍。）

> 遊びます（ます形），遊んで（て形）

● 另外，「がた」和「ら」也是表示複數的接尾辭，但是禮貌程度不同：

がた（比較尊敬有禮的說法）＞ たち ＞ ら（比較不禮貌的說法）

● あなたがた（您們）＞ あなたたち（你們）＞ お前ら（你們這些人）

● 「お前ら」是一種「看不起」或「上對下」的語氣。

＊「〜だけじゃ」（只〜的話）＝「〜だけでは」的口語用法。

● 「〜だけじゃ／〜だけでは」＋「否定表現」：
在某種限定的條件下，會出現否定結果（只〜的話，不〜）。

（例）才能_{さいのう}だけじゃ成功_{せいこう}できない。

（只有才能的話，是無法成功的。）

成功します（ます形），成功できます（成功します的可能形）
成功できません（丁寧形－成功できます的否定形）
成功できない　（普通形－成功できます的否定形）

父親節要和媽媽做菜給爸爸吃

A：もうすぐ父の日ですね。お父さん
　　　　　　馬上
　　に何をしてあげますか。
　　表示：動作的對方（初級本08課）

B：母と一緒に料理を作ってあげます。
　　　和（初級本03課）

> A：馬上就是父親節了
> 　　耶，你要為爸爸做
> 　　什麼呢？
> B：我要和媽媽一起做
> 　　菜給爸爸吃。

女兒出生後要送她可愛的衣服

A：娘さんが生まれたら、何をしてあ
　　　表示：述語的主體
　　げますか。

B：そうですね。かわいい服をたくさん買ってやりたいですね。
　　　　　　　　　可愛的　　　　　　　　　　　　　　　　　表示：微弱的主張

> A：女兒出生之後，你要
> 　　為她做什麼呢？
> B：這個嘛，我想給她買
> 　　很多可愛的衣服喔。

說明自己也想看陳小姐的照片

A：陳さんに日本旅行の時の写真を
　　表示：動作的對方（初級本08課）
　　見せてもらいました。

B：いいですね。今度私も見せてもらいたいです。
　　　　　　　　　　　　　　想請對方給我看

> A：我請陳小姐給我看她在
> 　　日本旅遊時的照片。
> B：不錯耶。下次我也想請
> 　　她給我看。

詢問對方是否能再等候 3 天

A：レポートはもう書(か)けましたか。
　　寫好了嗎（中級本 20 課：
　　可能形的過去肯定形ました）

B：すみません。あと 3 日(みっか)待(ま)ってもらえませんか。
　　　　　　　　　可以請你為我等候嗎

A：報告已經寫好了嗎？
B：不好意思，可以請你再等我3天嗎？

說明天野先生送自己印尼的酒

A：これは珍(めずら)しいお酒(さけ)ですね。
　　　　　　　　要求同意的語氣

B：ええ、インドネシアのお酒(さけ)です。
　　表示：所產（初級本 01 課）

天野(あまの)さんがくれました。

A：這是很珍貴的酒耶。
B：對啊。這是印尼的酒。
　　是天野先生送給我的。

說明高橋先生開車送自己回家

A：昨日(きのう)はどうやって帰(かえ)りましたか。
　　　　　　如何

B：高橋(たかはし)さんが家(いえ)まで車(くるま)で送(おく)ってくれました。
　　表示：交通工具（初級本 04 課）

A：你昨天是如何回到家的？
B：是高橋先生開車送我回到家的。

第 31 課

しょっき　なら
食器を並べておいてください。　請先將餐具擺好。

本課單字

語調	發音	漢字・外來語	意義	
4	ならべます	並べます	擺放、陳列	（他）
4	あがります	上がります	上升	（自）
3	あげます	上げます	提高	（他）
3	あきます	開きます	開	（自）
4	なおります	治ります	痊癒	（自）
4	なおします	治します	醫治	（他）
3	へります	減ります	減少	（自）
4	へらします	減らします	減少	（他）
3	のせます	乗せます	載運、使～搭乘	（他）
3	おれます	折れます	折斷	（自）
3	おります	折ります	折斷	（他）
4	こわれます	壊れます	破碎、損壞	（自）
4	こわします	壊します	弄壞	（他）
4	ぬらします	濡らします	沾濕	（他）
3	にえます	煮えます	煮熟	（自）
2	にます	煮ます	煮	（他）
3	もえます	燃えます	燃燒、著火	（自）
4	もやします	燃やします	燒	（他）
4	やぶけます	破けます	破掉	（自）
4	やぶきます	破きます	弄破	（他）
3	とけます	溶けます	溶化	（自）
4	とかします	溶かします	溶化	（他）
4	かわきます	乾きます	乾燥	（自）
5	かわかします	乾かします	弄乾	（他）

語調	發音	漢字・外來語	意義	
4	なやみま⌐す	悩みます	煩惱	（自）
5	なやましま⌐す	悩まします	使人困擾、折磨	（他）
4	なかせま⌐す	泣かせます	使哭泣	（他）
4	はずれま⌐す	外れます	脫落、鬆開	（自）
3	つきま⌐す		點亮	（自）
4	とどけま⌐す	届けます	送達	（他）
4	はこびま⌐す	運びます	運送	（他）
4	ひやしま⌐す	冷やします	冰鎮	（他）
1、5	コ⌐ピーしま⌐す	copy+します	影印	（他）
3	おきま⌐す	置きます	放置	（他）
4	もどしま⌐す	戻します	放回	（他）
5	かたづけま⌐す	片付けます	收拾	（他）
3	みせま⌐す	見せます	給～看	（他）
4	のこりま⌐す	残ります	留下	（自）
6	ふくしゅうしま⌐す	復習します	複習	（他）
3	じゅうぶ⌐ん	十分	足夠的	
1	ポ⌐スター	poster	海報	
0	ねだん	値段	價格	
0	えだ	枝	樹枝	
2	かみ⌐	髪	頭髮	
0	け	毛	毛	
3	ふくろ⌐	袋	袋子	
2	さと⌐う	砂糖	砂糖	
0	かぜ	風	風	
3	ろうそ⌐く	蠟燭	蠟燭	
1	ひ⌐	火	火	
0	ボタン	button	按鈕	
1	で⌐んき	電気	電燈	
1	か⌐ぐ	家具	家具	
3	かって⌐ぐち	勝手口	通往廚房的出入口	
3	れいぞうこ	冷蔵庫	冰箱	
1	ビ⌐ール	bier（荷）	啤酒	
0	かべ	壁	牆壁	
1	し⌐りょう	資料	資料	

語調	發音	漢字・外來語	意義
0	おさら	お皿	盤子
1	よ￢うし	用紙	用紙、紙張
4	そのまま￢		按照原樣
0	テーブル	table	桌子
0	でまえ	出前	外送
1	ケ￢ーキ	cake	蛋糕
3	かみコ￢ップ	紙＋kop（荷）	紙杯
1	じゅ￢んび	準備	準備
1	ほ￢ほ（ほ￢お）	頰	臉頰
4	ごはんつ￢ぶ	ご飯粒	飯粒
0	いっしゅう	一周	環繞一圈
0	じしん	自信	自信
0	たいへん	大変	非常
1	さ￢っき		剛剛
1	も￢との	元の	原本的
★	～はく	～泊	～晚

表現文型 ＊發音有較多起伏，請聆聽 MP3

發音	意義
もう わけ 申し訳ありません	十分抱歉
しまった！	糟了
ねが お願いします	麻煩你了

146

筆記頁

空白一頁，讓你記錄學習心得，也讓下一頁的「學習目標」，能以跨頁呈現，方便於對照閱讀。

がんばってください。

（請加油！）

❶ 「自動詞」和「他動詞」的差異

	自動詞	他動詞
動作作用對象 （目的語）	沒有 （不及物動詞）	有 （及物動詞）
基本對應的助詞	____が 自動詞 。 ※【注意】	____を 他動詞 。

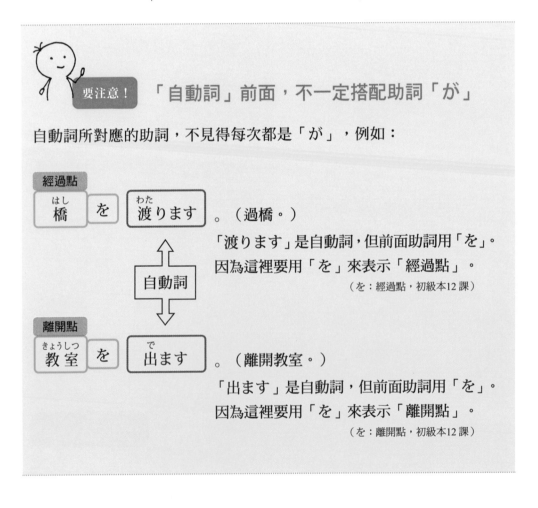

要注意！ 「自動詞」前面，不一定搭配助詞「が」

自動詞所對應的助詞，不見得每次都是「が」，例如：

經過點

はし
橋 を わた
渡ります 。（過橋。）

↑
自動詞
↓

「渡ります」是自動詞，但前面助詞用「を」。
因為這裡要用「を」來表示「經過點」。
（を：經過點，初級本12課）

離開點

きょうしつ
教室 を で
出ます 。（離開教室。）

「出ます」是自動詞，但前面助詞用「を」。
因為這裡要用「を」來表示「離開點」。
（を：離開點，初級本12課）

筆記頁

空白一頁，讓你記錄學習心得，也讓下一頁的「學習內容」，能以跨頁呈現，方便於對照閱讀。

がんばってください。

（請加油！）

一定要會的！

永久保存版 主要「自動詞・他動詞」識別表

※1：「わ行」是「わ(wa)いうえ(e)お」變化

※2：「や行」是「や(ya)いゆえ(e)よ」變化

自動詞的類型

自動詞	他動詞	
−aru 〈I類〉	−eru 〈II類〉	あ段＋る型
・上がる（agaru） きおん あ 気温が上がる。 （氣溫上升）	・上げる（ageru） せっていおんど あ 設定温度を上げる。 （提高設定溫度）	
・変わる（kawaru）※1 きせつ か 季節が変わる。 （季節轉變）	・変える（kaeru） かみがた か 髪型を変える。 （改變髮型）	
−aru 〈I類〉	−u 〈I類〉	此類數量少
・刺さる（sasaru） とげ ゆび さ 棘が指に刺さる。 （刺刺到手指）	・刺す（sasu） あたま はり さ 頭のツボに針を刺す。 （在頭上的穴道刺針）	
−iru 〈II類〉	−osu 〈I類〉	い段＋る型
・起きる（okiru） まいあさしちじ お 毎朝7時に起きる。 （每天早上7點起床）	・起こす（okosu） まいあさはは むすこ お 毎朝母は息子を起こす。 （每天早上媽媽叫兒子起床）	
−iru 〈II類〉	−asu 〈I類〉	此類數量少
・伸びる（nobiru） せ の 背が伸びる。 （身高長高）	・伸ばす（nobasu） めん きじ の 麺の生地を伸ばす。 （擀麵團）	
−eru 〈II類〉	−u 〈I類〉	え段
・抜ける（nukeru） かみ ぬ ストレスで髪が抜ける。 （因壓力而掉髮）	・抜く（nuku） ふろ せん ぬ お風呂の栓を抜く。 （拔掉浴缸塞）	

−eru 〈Ⅱ類〉	−asu 〈Ⅰ類〉
・濡れる（nureru） あめ　ふく　ぬ 雨で服が濡れる。 （因下雨衣服濕掉）	・濡らす（nurasu） みず　ぬ タオルを水で濡らす。 （用水弄濕毛巾）
・燃える（moeru） やまかじ　き　も 山火事で木が燃える。 （因森林火災樹木著火）	・燃やす（moyasu）※2 にわ　　　　　も 庭でゴミを燃やす。 （在庭院燒垃圾）

（＋る型）

−u 〈Ⅰ類〉	−eru 〈Ⅱ類〉
・並ぶ（narabu） れつ　なら 列に並ぶ。 （排隊）	・並べる（naraberu） しょっき　なら テーブルに食器を並べる。 （把餐具擺在桌上）

−u 〈Ⅰ類〉	−asu 〈Ⅰ類〉
・減る（heru） こうつうじこ　へ 交通事故が減る。 （交通事故減少）	・減らす（herasu） とうぶん　へ 糖分を減らす。 （減少糖分）

−u 〈Ⅰ類〉	−osu 〈Ⅰ類〉
・及ぶ（oyobu） ぎろん　さんじかん　およ 議論が3時間に及ぶ。 （討論達3小時）	・及ぼす（oyobosu） わる　えいきょう　およ 悪い影響を及ぼす。 （波及不好的影響）

此類數量少

（う段型）

～る（−ru）〈Ⅰ類〉	～せる（−seru）〈Ⅱ類〉
・乗る（noru） かれし　くるま　の 彼氏の車に乗る。 （搭男朋友的車）	・乗せる（noseru） かのじょ　くるま　の 彼女を車に乗せる。 （開車載女朋友）

～る（−ru）〈Ⅰ類〉	～す（−su）〈Ⅰ類〉
・回る（mawaru） つき　ちきゅう　まわ　　まわ 月が地球の周りを回る。 （月球繞著地球四周轉）	・回す（mawasu） みぎ　まわ つまみを右に回す。 （把旋鈕向右轉）

～れる（−reru）〈Ⅱ類〉	～す（−su）〈Ⅰ類〉
・倒れる（taoreru） たいふう　き　たお 台風で木が倒れる。 （因颱風樹木傾倒）	・倒す（taosu） こうか　かびん　たお 高価な花瓶を倒す。 （弄倒高價花瓶）

（ら行型）

其他情況	

	自動詞	他動詞
不規則型	・消える（kieru） 燃料切れで火が消える。 （因為燃料用光，火熄滅） ・入る（hairu） 教室に入る。 （進教室）	・消す（kesu） 黒板の字を消す。 （擦掉黒板的字） ・入れる（ireru） 本をかばんに入れる。 （把書放進包包）
自他共通	**閉じる / 吹く / 笑う …等等**	
	・朝顔の花が閉じる。 （牽牛花的花朵閉合） ・強い風が吹く。 （強風吹拂） ・大声で笑う。 （大聲笑）	・教科書を閉じる。 （闔上課本） ・ろうそくの火を吹く。 （吹蠟燭的火） ・他人の失敗を笑う。 （嘲笑別人的失敗）
動詞性用法	**なる　〈Ⅰ類〉** い形容詞 － くなる な形容詞・名詞 － になる	**する　〈Ⅲ類〉** い形容詞 － くする な形容詞・名詞 － にする
	・秋になって涼しくなる。 （到秋天變涼爽） ・元気になる。 （變有精神） ・将来は教師になる。 （將來要當老師）	・クーラーで部屋を涼しくする。 （用冷氣讓房間涼爽） ・部屋をきれいにする。 （把房間弄乾淨） ・ご飯の量を半分にする。 （把飯量弄成一半）
自動詞無	**無**	**食べる / 飲む / 読む …等等**
		・ご飯を食べる。　（吃飯） ・お酒を飲む。　（喝酒） ・小説を読む。　（看小說）

筆記頁

空白一頁，讓你記錄學習心得，也讓下一頁的「學習目標」，能以跨頁呈現，方便於對照閱讀。

がんばってください。

（請加油！）

❷ かばんが開^あいていますよ。（（你的）皮包開開的喔。）

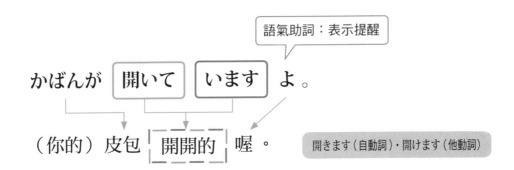

語氣助詞：表示提醒

かばんが ｜開いて｜ ｜います｜ よ。

（你的）皮包 ╎開開的╎ 喔。

開きます（自動詞）・開けます（他動詞）

文型整理　［自動詞－て形］ ｜ います　＜表示目前狀態（無目的・不強調意圖的）＞

要注意！　「自動詞て形＋います」也表示「現在進行」

有些「自動詞て形＋います」還是「正在 [做]～」（現在進行）的意思。例如：

● 泣きます　赤^{あか}ちゃんが泣^ないています。（嬰兒正在哭。）
　※自動詞

泣きます（ます形）・泣いて（て形）＋います
「泣いて＋います」是「自動詞て形＋います」但表示
「動作主正在 [做]～」的「現在進行」。
＊現在進行：動作持續中
＊目前狀態：動作作用完成後的靜態狀態
（泣きます（哭泣）是自己哭泣，不是作用到其他對象）

● 寝ます　　今寝ています。（現在正在睡覺。）
　※ 自動詞

> 寝ます（ます形），寝て（て形）＋います
> 「寝て＋います」是「自動詞て形＋います」但表示
> 「動作主正在 [做] 〜」的「現在進行」。
> ＊ 現在進行：動作持續中
> ＊ 目前狀態：動作作用完成後的靜態狀態
> （寝ます（睡覺）是自己睡覺，不是作用到其他對象）

例文

● 外れます　　A：ボタンが外れていますよ。
　※ 自動詞　　　　　　　　　　　表示「提醒」的語氣（初級本 01 課）

　　　　　　　B：あ、ありがとうございます。

　　　　　　　A：鈕扣鬆開了唷！

　　　　　　　B：啊，謝謝你。

> 外れます（ます形）
> 外れて　（て形）＋います　表示目前狀態　的說法

● つきます　　A：田中さんはいますか。
　※ 自動詞　　B：部屋の電気がついていませんから、
　　　　　　　　　　　　　　　　　　　因為（初級本 07 課）

　　　　　　　いないと思います。
　　　　　　　表示：提示內容（高級本 26 課）

　　　　　　　A：田中先生在嗎？

　　　　　　　B：因為目前房間的電燈沒有開，我猜他不在。

> つきます（ます形）
> ついて　（て形）＋います　　（ます形的肯定）
> ついて　（て形）＋いません（ます形的否定）

● 入ります A：あの…、スープに髪の毛が入っているんですが…。
　※ 自動詞　　　　　　　　　　　　　　　表示：存在位置　　　　　　前言的説法（高級本 27 課）

　　　　　B：大変申し訳ありません。今すぐ 新 しいのを持っ
　　　　　　　　　　　　　　　　　　　　　　　　　形式名詞・表示前面提到的湯

　　　　　て来ます。

　　　　　A：那個…湯裡面有頭髮…。

　　　　　B：真的非常抱歉。（我）立刻為您拿一碗新的湯過來。

　　　　┌─────────────────────────────┐
　　　　│ 入ります（ます形）　　　　　　　　　　　　　　　│
　　　　│ 入って　（て形）＋ います（丁寧形）　　　　　　│
　　　　│ 入って　（て形）＋ いる　（普通形）＋んですが 前言的説法 │
　　　　└─────────────────────────────┘

筆記頁

空白一頁，讓你記錄學習心得，也讓下一頁的「學習目標」，能以跨頁呈現，方便於對照閱讀。

がんばってください。

（請加油！）

31課 學習目標 110 **他動詞的用法**

❸ 部屋にポスターが貼ってあります。（房間有貼好海報。）

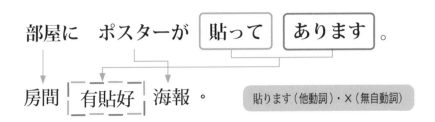

部屋に ポスターが 貼って あります 。

房間 有貼好 海報 。

貼ります（他動詞）・×（無自動詞）

文型整理 ［他動詞ーて形］ あります ＜表示目前狀態（有目的・強調意圖的）＞

例文

● 開けます A：家具を届けに来ました。
　※ 他動詞　　　　　表示：目的（初級本12課）

B：勝手口が開けてありますから、そこから
　　　　　　　　　　　　　　　　　　　從

運んでください。
請搬運（中級本14課：て形用法）

A：送家具來了。

B：有開好廚房的出入口，所以請從那邊搬運。

開けます（ます形），開けて（て形）＋あります
可能為了搬運方便而開著，是有目的的，
→ 所以用「他動詞て形＋あります」

来ます　　（ます形），来ました（ます形的過去肯定形ました）
運びます（ます形），運んで（て形）

● 冷やします　A：何か飲みたいですね。
※ 他動詞　　　　　　　　　想喝

B：冷蔵庫にビールが冷やしてありますから、
　　表示：存在位置（初級本 07 課）

飲んでもいいですよ。
可以喝（中級本 14 課：て形用法）

A：想喝點什麼東西耶。

B：冰箱裡有啤酒冰鎮著，可以喝唷。

冷やします（ます形），冷やして（て形）＋あります
可能覺得冰過比較好喝所以冰著，是有目的的，
→ 所以用「他動詞て形＋あります」

飲みます（ます形），飲んで（て形）
飲み~~ます~~（ます形去掉ます）＋たいです → 飲みたいです

● 貼ります　部屋の壁に日本地図が貼ってあります。
※ 他動詞　　表示：存在位置（初級本 07 課）

（房間的牆上有貼著日本地圖。）

貼ります（ます形），貼って（て形）＋あります
是有人貼上去的，是有目的意圖的，
→ 所以用「他動詞て形＋あります」

---

❹ 旅行_{りょこう}のまえにお金_{かね}を換_かえておきます。
（旅遊前事先兌換錢幣。）

※寫成「まえに」或「前に」都可以：
　屬於文法上的用法，多半寫成平假名的「まえに」。例如 [動詞-辭書形] まえに・[名詞-の] まえに。
　如果前面是「時間詞」，通常寫成漢字的「前に」。

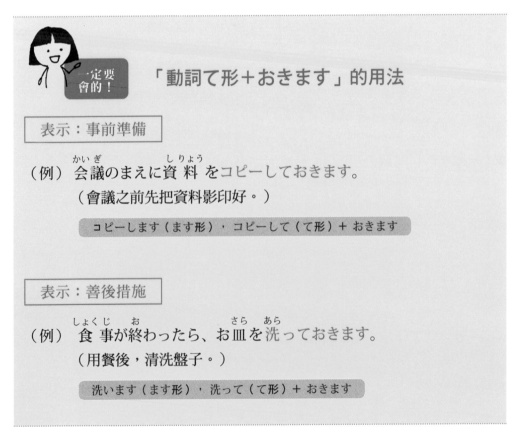

「動詞て形＋おきます」的用法

表示：事前準備

（例）会議_{かいぎ}のまえに資料_{しりょう}をコピーしておきます。
　　（會議之前先把資料影印好。）

コピーします（ます形），コピーして（て形）＋おきます

表示：善後措施

（例）食事_{しょくじ}が終_おわったら、お皿_{さら}を洗_{あら}っておきます。
　　（用餐後，清洗盤子。）

洗います（ます形），洗って（て形）＋おきます

（例）書き終わったテスト用紙は 机 の上に置いておいてください。
かお　　　　　　　　　　　ようし　つくえ　うえ　お

（寫完的考試卷，請放在桌子上。）

> 置きます（ます形），置いて（て形）＋ おきます
> 置いておきます（ます形）
> 置いておいて　（て形）＋ ください
> 寫完的考卷就放在桌上等待收卷，表示「善後擱置」的說法

行有餘力再多學！　　善後措施 vs. 善後擱置

「善後措施」和「善後擱置」的區別，要從會話狀況來判斷。假設有兩個人的對話如下：

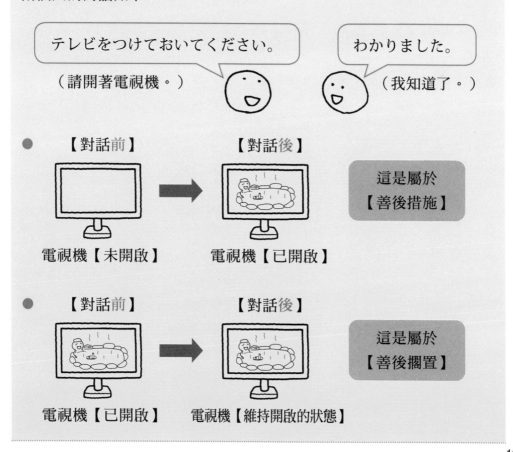

能力足夠要多記！ 掌握這兩種表達的微妙差異

下面有三個句子，主要是要告訴大家 2 和 3 的差異。

		表達重點的差異
1	ビールを冷やしておきます。 （要冰鎮啤酒。）	現在準備要冰鎮。
2	ビールを冷やしておきました。 （已經冰鎮了啤酒。）	已經冰好了。 （重點是冰鎮啤酒的「動作」）
3	ビールが冷やしてあります。 （啤酒是被冰鎮著的。）	已經冰好了。 （重點是啤酒的「目前狀態」）

2 和 3 所表達的狀況相同，但是重點不同：

● 2（ビールを冷やしておきました）的重點是「冰啤酒的動作」，可以說：

（○）ビールを冷やしておきましたが、兄に飲まれてしまいました。
　　　（（我）把啤酒冰好了，卻被哥哥喝掉了。）

● 3（ビールが冷やしてあります）的重點是「啤酒的目前狀態」，不可以說：

（×）ビールが冷やしてありますが、兄に飲まれてしまいました。

> 不能前面說啤酒的狀態是被冰鎮著，後面又說啤酒被喝掉了。

[**動詞－て形**] ｜ おきます ＜事前準備＞

＜善後措施＞

＜善後擱置＞

例文

● 掃除します
※ 動詞

ともだち く へや そうじ
友達が来るまえに部屋を掃除しておきます。
來之前（中級本 16 課：辭書形用法）

（朋友來之前要先打掃房間。）

> 掃除します（ます形），掃除して（て形）＋おきます
> 動詞て形＋おきます 事前準備 的說法

● 戻します
※ 動詞

しょっき つか もと ところ もど
食器は使ったら元の所へ戻しておきましょう。
表示：歸還的方向

（餐具用完後，放回原本的地方吧。）

> 戻します（ます形），戻して（て形）＋おきます
> 動詞て形＋おきます 善後措施 的說法

● します
※ 動詞

つか つくえ いす
またすぐ使いますから、机と椅子はそのままにしてお
和（初級本 07 課）

いてください。

（因為馬上還要使用，所以桌子和椅子請照原樣放著。）

> します（ます形），して（て形）＋おきます
> 動詞て形＋おきます 善後擱置 的說法
>
> しておきます（ます形）
> しておいて （て形）＋ください

高橋：えっと、もう飲み物は買ってありますか。
　　　　　　　　那個…

鈴木：ええ。昨日買って冷蔵庫に入れておきました。
　　　　　　買了‧然後～（中級本 15 課：て形用法）

高橋：そう、よかった。あ、陳さん、テーブルに食器を
　　　　　　　　太好了　　　　　　　　　　　　表示：動作歸著點

　　　並べておいてください。
　　　請事先擺放（中級本 14 課：て形用法）

陳：わかりました。部屋がちょっと暑いですね。クーラーはついて
　　　　　　　　　　　　　　　　　　　　　　　冷氣

　　　いますか。

鈴木：暑かったら、つけてもいいです*よ。
　　　如果熱的話（中級本 21 課：「～たら」的用法）

高橋：ところで、お寿司の出前、遅いですね。まだですか。
　　　　對了　　　　　　外送

鈴木：さっき電話したら、今こちらへ向かっているところだと言っ
　　　　剛剛　打了電話‧結果…　　　　　　　　正在過來
　　　　　　（中級本 21 課：「～たら」的用法）

　　　ていました。

陳：あ、ケーキは？ 誰かケーキを買いましたか。
誰（不確定的某個人）

高橋：しまった*！ 買うの [を] 忘れていました。今から 私 が
糟了　　　　　表達具體的某件事

買ってきます。
買了再回來（中級本 15 課：て形用法）

陳：じゃあ、お願いしますね。ついでに 紙コップも
麻煩你　　　　　順便

買ってきてもらえますか。
可以請…幫忙買回來嗎？

高橋：わかりました。じゃ、行ってきます。

鈴木：準 備はだいたい終わりましたね。あとは王くんと 弟 さん
差不多　　　　　　　　　　　　和（初級本 07 課）

が来るのを待つだけですね。
表達具體的某件事

陳：ええ。楽しみですね。

鈴木：このアルバムは片付けなくてもいいんですか*。
相簿　　　不收拾也可以嗎？（中級本 17 課：ない形用法）

陳：いえ、そこに置いておいてください。あとでみんなに
表示：動作的對方（初級本 08 課）

見せようと思って置いてあるんです。
打算給…看（中級本 19 課：意向形用法）

165

高橋：那個…飲料已經買好了嗎？

鈴木：對啊，昨天買了，已經放入冰箱了。

高橋：是這樣啊，太好了。啊，陳小姐，請先把餐具擺在桌上。

　陳：我知道了。房間有點熱耶。冷氣是開著的嗎？

鈴木：熱的話，可以開冷氣唷。

高橋：對了，壽司外送很慢耶。還沒來嗎？

鈴木：剛剛打過電話，說現在正往我們這邊過來。

　陳：啊！蛋糕呢？有人買了蛋糕嗎？

高橋：糟了！忘記買了！我現在去買回來。

　陳：那麼，就麻煩你了。可以順便也請你幫忙買紙杯回來嗎？

高橋：我知道了。那麼，我出門去了（買了再回來）。

鈴木：準備工作差不多完成了耶。接下來就只有等候小王和他弟弟過來了。

　陳：對呀，很期待耶。

鈴木：這個相簿，不收起來也沒關係嗎？

　陳：不，請放在那邊，之後打算給大家看，所以擺著的。

整理：表示「許可」的說法

- 動詞－て形＋も＋いいです ：可以 [做]～

（例）鉛筆で書いてもいいです。 書きます
（可以用鉛筆寫。）

- 動詞－~~ない~~形＋なくても＋いいです ：可以不用 [做]～

（例）暑かったら、クーラーを消さなくてもいいです。 消します
（熱的話，可以不用關掉冷氣。）

---

*「しまった」（糟了）：做錯事、或忘記做某事而覺得懊悔的用語。

> しまった、母の大切なコップを床に落としました。

（糟了，（我）把媽媽珍貴的杯子弄掉在地上了。）

落とします

- 另外，如果是覺得情況不妙時，可以使用「やばい」：

※多為年輕人使用

> やばい、寝すぎました。

寝ます＋すぎます

（慘了，睡過頭了。）

提醒對方臉上有飯粒

A：<ruby>頰<rt>ほほ</rt></ruby>にご<ruby>飯粒<rt>はんつぶ</rt></ruby>がついていますよ。
表示：存在位置（初級本 07 課）

B：あ、<ruby>本当<rt>ほんとう</rt></ruby>だ。<u>どうも</u>。
　　　　　　　　　謝謝

> A：臉頰上黏著飯粒唷。
> B：啊，真的耶。謝謝。

詢問是否有人還留在公司

A：<ruby>会社<rt>かいしゃ</rt></ruby>に<ruby>誰<rt>だれ</rt></ruby>か<ruby>残<rt>のこ</rt></ruby>っていますか。
表示：存在位置（初級本 07 課）

B：<ruby>電気<rt>でんき</rt></ruby>がついていませんから、

　　もうみんな<ruby>帰<rt>かえ</rt></ruby>った<u>と<ruby>思<rt>おも</rt></ruby>います</u>。
　　　　　　　　　　　　猜想…

> A：有誰還留在公司嗎？
> B：因為電燈沒有開著，我猜
> 　　大家已經回去了。

說明將來打算環繞日本一圈

A：<ruby>壁<rt>かべ</rt></ruby>に<ruby>日本<rt>にほん</rt></ruby>の<ruby>地図<rt>ちず</rt></ruby>が<ruby>貼<rt>は</rt></ruby>ってありますね。

B：ええ、<ruby>将来<rt>しょうらい</rt></ruby>、<ruby>日本一周旅行<rt>にほんいっしゅうりょこう</rt></ruby>を

　　<u>しようと<ruby>思<rt>おも</rt></ruby>っている</u>んですよ。
　　打算做…（中級本 19 課：意向形用法）

> A：牆上有貼著日本的地
> 　　圖耶。
> B：對啊，我將來打算旅
> 　　行環繞日本一圈唷。

說明自己為了考試有好好複習

A：今日はテストですね。
　　(きょう)

B：ええ、しっかり復習してありますから、
　　　　　(ふくしゅう)
　　　　　好好地

　　今回は自信があります。
　　(こんかい)(じしん)
　　　　　　　有信心

> A：今天要考試耶。
> B：對啊，因為我有好好地複習好了，所以這次有信心。

說明電視劇要開始了，不要關電視

A：テレビを消してもいいですか。
　　　　　(け)
　　　　　可以關掉嗎？（中級本 14 課：て形用法）

B：これからドラマが始まりますから、
　　　　　　　　　　(はじ)
　　　　　　　　　　因為（初級本 07 課）

つけておいてください。

> A：可以關掉電視嗎？
> B：因為現在戲劇要開始（播出）了，所以請開著電視。

詢問三天兩夜的日本旅行要換多少錢

A：来週、2泊3日の日本旅行をするんですが、
　　(らいしゅう)(にはくみっか)(にほんりょこう)
　　　　　　三天兩夜　　　　　前言的說法（高級本 27 課）

いくら換えておいたらいいと思いますか。
　　　(か)　　　　　　　　(おも)
　　多少錢

B：5万円あれば十分だと思いますよ。
　　(ごまんえん)(じゅうぶん)(おも)
　　有…的話（中級本 21 課：條件形「～ば」用法）

> A：下星期要進行三天兩夜的日本旅行，你覺得要先換多少錢比較好？
> B：我覺得有 5 萬日圓的話是足夠的。

第32課

でんわ　で　　　　　しんぱい
電話に出なくて、心配です。
因為沒有接電話，所以擔心。

本課單字

語調	發音	漢字・外來語	意義
3	しめます	閉めます	關上
5	ちこくします	遅刻します	遲到
4	たおれます	倒れます	倒塌
5	ふんかします	噴火します	噴火
3	なります	鳴ります	響起
1、4	そんします	損します	損失
2	さむい	寒い	寒冷的
3	つまらない		無聊的
1	ハンサム	handsome	帥氣的
0	ぶじ	無事	平安的
3	ふんいき	雰囲気	氣氛
0	あじ	味	味道
1	ユーモア	humor	幽默
1	ファッション	fashion	流行
1	センス	sense	感覺、審美能力
0	しょくよく	食欲	食慾
3	たべもの	食べ物	食物
1	まど	窓	窗戶
0	かんじ	漢字	漢字
2	たてもの	建物	建築物
1	ニュース	news	新聞
3	おおあめ	大雨	大雨
3	どしゃくずれ	土砂崩れ	土石流

語調	發音	漢字・外來語	意義
2	しゅじ｜んこう	主人公	主角
5	とうじょうじ｜んぶつ	登場人物	登場人物
0	かんきょう	環境	環境
1	は｜	歯	牙齒
1	は｜いしゃ	歯医者	牙醫
0	さきに	先に	先
3	ぐっす｜り		熟睡
0	それに		而且
2	いやあ｜		哎、哎呀
5	みやざきけ｜ん	宮崎県	宮崎縣
4	みやざき｜し	宮崎市	宮崎市

❶ 寒(さむ)いし、雨(あめ)も降(ふ)っているし、出前(でまえ)を頼(たの)みましょう。
（又冷又正下著雨，所以（我們）叫外送吧。）

寒い し 、雨も 降っている し 、 出前を 頼みましょう 。

又 冷 又 正下著 雨， （我們）叫 外送吧 。

寒い 降ります 頼みます

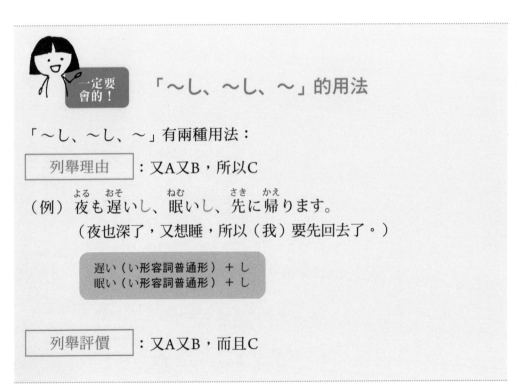

一定要會的！ 「～し、～し、～」的用法

「～し、～し、～」有兩種用法：

列舉理由 ：又A又B，所以C

（例）夜(よる)も遅(おそ)いし、眠(ねむ)いし、先(さき)に帰(かえ)ります。
（夜也深了，又想睡，所以（我）要先回去了。）

遅い（い形容詞普通形）＋ し
眠い（い形容詞普通形）＋ し

列舉評價 ：又A又B，而且C

172

（例）この店は、雰囲気もいいし、味もいいし、値段も安いです。

（這家店氣氛也好，味道也好，而且價錢也便宜。）

いい（い形容詞普通形）＋し

要注意！　「～し、～し、～」的應用

列舉理由

● 後面的「～し」可以改成「～から」（因為）：

（例）寒いし雨も降っているし、出前を頼みましょう。

（又冷又正下著雨，所以我們叫外送吧。）

＝　寒いし雨も降っていますから、出前を頼みましょう。

（又冷又因為正下著雨，所以我們叫外送吧。）

寒い（い形容詞普通形）＋し
降っている（動詞普通形）＋し

降ります（ます形）
降って　（て形）＋います，表示「正在進行」（中級本 14 課）
降っています ＋ から，表示「因為」（初級本 07 課）

列舉評價　（1）

●「～し、～し、」後面可以加上「接續詞：それに」（而且）：

（例）山田さんはやさしいし、ハンサムだし、それにユーモアがあります。

（山田先生又溫柔又帥氣，而且有幽默感。）

> やさしい（い形容詞普通形）＋し
> ハンサム（な形容詞普通形－現在肯定形）＋ だ ＋ し

列舉評價 (2)

● 如果其中一個是對立的評價，第二個「～し」要改成「～が」：

（例）山田さんはやさしいし、ハンサムですが、ファッションセンス
がありません。

（山田先生又溫柔又帥氣，但是沒有時尚品味。）

> やさしい（い形容詞普通形）＋し
> 前兩項評價是正面，第三項評價是負面，所以第二個「し」改成「が」
> → ハンサムですが～（ が 表示逆接，初級本 06 課）

文型整理

A
[普通形（ な形容詞 名詞 ・ だ ・だ ）] し、
B
[普通形（ な形容詞 名詞 ・ だ ・だ ）] し、 C 。

＜列舉理由＞ 又A又B，所以C
＜列舉評價＞ 又A又B，而且C

※如果是「名詞」、「な形容詞」的「現在肯定形普通形」，需要有「だ」再接續。

例文

● **[ない]**
  [遅い]
  ※ い形容詞

食欲もあまりないし、もう遅いし、今日は晩ご飯を食

不太…（後面接續否定表現）

べません。

（因為又沒食慾又已經很晚了，所以（我）今天不吃晚飯。）

> ないです（丁寧形），ない（普通形）＋し
> 遅いです（丁寧形），遅い（普通形）＋し
> 〜し、〜し、〜　列舉理由　的說法

● **[ない]**
  ※ い形容詞
  [疲れます]
  ※ 動詞

お金もないし、疲れていますから、どこも行きません。

疲倦。表達目前狀態（中級本14課：て形用法）

（因為又沒錢又疲倦，所以哪裡也不去。）

> ないです（丁寧形），ない（普通形）＋し
> 疲れます（ます形）
> 疲れて　（て形）＋います，表示「目前狀態」（中級本14課）
> 〜し、〜から、〜　列舉理由　的說法

● **[にぎやか（な）]**
  [便利（な）]
  ※ な形容詞

東京はにぎやかだし、交通も便利だし、それに

食べ物がおいしいです。

（東京又熱鬧交通又便利，而且食物好吃。）

> にぎやかです（丁寧形），にぎやか（普通形－現在肯定形）＋だ＋し
> 便利です（丁寧形），便利（普通形－現在肯定形）＋だ＋し
> 〜し、〜し、それに　列舉評價　的說法

❷ 友達がいなくて、寂しいです。

（因為沒有朋友，所以很寂寞。）

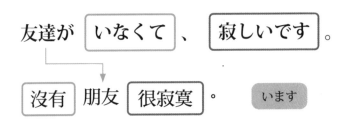

友達が | いなくて | 、 | 寂しいです | 。

没有 朋友 很寂寞 。 います

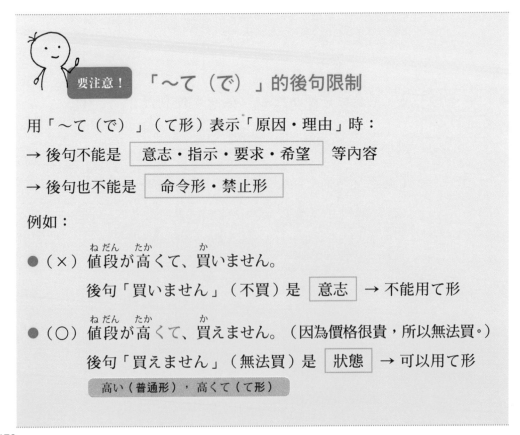

要注意！ 「～て（で）」的後句限制

用「～て（で）」（て形）表示「原因・理由」時：

→ 後句不能是 意志・指示・要求・希望 等內容

→ 後句也不能是 命令形・禁止形

例如：

● （×）値段が高くて、買いません。

後句「買いません」（不買）是 意志 → 不能用て形

● （○）値段が高くて、買えません。（因為價格很貴，所以無法買。）

後句「買えません」（無法買）是 狀態 → 可以用て形

高い（普通形）・高くて（て形）

● （×）寒くて、窓を閉めてください。

後句「～てください」（請 [做] ～）是 要求 → 不能用て形

● （○）寒くて、風邪をひきました。（因為很冷，所以感冒了。）

後句「風邪をひきました」是 結果 → 可以用て形

> 寒い（普通形），寒くて（て形）
> ひきます（ます形），ひきました（ます形的過去肯定形ました）

文型整理

A＜原因・理由＞ 、 B＜結果＞ 。

[動詞－て形]
[い形容詞－くて]
[な形容詞－で]
[名詞－で]
[否定形－なくて]

因為A所以B

【注意】此處不能是：

● 意志・指示・要求・希望 等內容
● 也不能是：命令形、禁止形

例文

● もらいます 手紙をもらって、嬉しかったです。
　　※ 動詞

（因為收到信，所以很高興。）

> もらいます（ます形），もらって（て形）
> ---
> 嬉しい 　　　　（普通形）
> 嬉しかったです（丁寧形－過去肯定形）
> 「嬉しかったです」是「結果」→ 可以用「て形」

● 　高い　　東　京 の家は高くて、買えません。
　※ い形容詞　　　　　　　　無法買（中級本 20 課：可能形用法）

（因為東京的房子很貴，所以無法買。）

> 高い（普通形）， 高くて（て形）
> ─────────────────────────────
> 買います（ます形）
> 買えます（可能形）， 買えません（可能形的否定形）
> 「買えません」是「狀態」→ 可以用「て形」

● 　台風　　台 風 で電 車が止まってしまいました。
　※ 名詞　　　　　　　停止了。表示無法抵抗、控制（中級本 15 課：て形用法）

（因為颱風，所以電車停駛。）

> 名詞 ＋ で　表示原因、理由
> ─────────────────────────────
> 止まります（ます形）
> 止まって（て形）＋ しまいました（表示：無法抵抗、控制，中級本 15 課）
> 「止まってしまいました」是「結果」→ 可以用「て形」

筆記頁

空白一頁，讓你記錄學習心得，也讓下一頁的「學習目標」，能以跨頁呈現，方便於對照閱讀。

がんばってください。

（請加油！）

❸ 風邪_{かぜ}をひいたので、明日_{あした}は 休_{やす}みます。

（因為感冒了，所以明天要請假。）

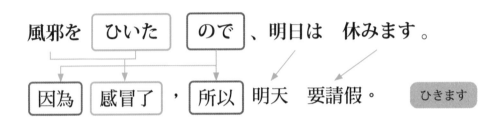

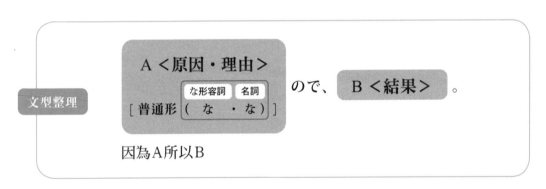

※如果是「名詞」、「な形容詞」的「現在肯定形普通形」，需要有「な」再接續。

區別：「～て（で）」、「ので」、「から」的後句限制

前面提到，用「～て（で）」（て形）表示「原因・理由」時，後句
不能是某些內容。在這裡比較一下「ので」和「から」是否也有同樣
的限制：

	後句的限制	其他注意點
～て （～で）	×：値段が高くて、買いません。 後句不能是「意志・指示・要求・希望」等內容 ×：もう遅くて、静かにしろ。 後句不能是「命令形、禁止形」 します（ます形），しろ（命令形）	
～ので	○：値段が高いので、買いません。 （因為價格很貴，所以不買。） 後句可以是「意志・指示・要求・希望」等內容 ×：もう遅いので、静かにしろ。 後句不能是「命令形、禁止形」 ※因為「ので」給人的語感是鄭重，所以不適合搭 　配「命令形・禁止形」	整體而言 是很鄭重 的說法
～から	○：値段が高いから、買いません。 （因為價格很貴，所以不買。） 後句可以是「意志・指示・要求・希望」等內容	強調 原因・理由

| ~から | ○：もう遅いから、静かにしろ。
（因為很晚了，所以安靜點。）

後句可以是「命令形、禁止形」

※「から」的前面可以接續「普通形・丁寧形」
　「普通形」接「から」是「坦白」的語感
　「丁寧形」接「から」是「鄭重」的語感 | 強調
原因・理由 |

例文

● **来ます**
※動詞

バスが来なかったので、学校に遅刻しました。
表示：到達點（初級本 12 課）

（因為公車沒來，所以上學遲到了。）

> 来ませんでした（丁寧形ーます形的過去否定形ませんでした）
> 来なかった　　（普通形ーた形的否定形）
> ─────────────────────
> 遅刻します（ます形），遅刻しました（ます形的過去肯定形ました）

● **暑い**
※い形容詞

暑いので、クーラーをつけてもらえますか。
可以請你為我開嗎（中級本 20 課：可能形用法）

（因為很熱，所以可以請你為我開冷氣嗎？）

> 暑いです（丁寧形），暑い（普通形）
> ─────────────────────
> つけます（ます形），つけて（て形）
> もらいます（ます形），もらえます（可能形）
> ～て形＋もらえます（接受動作好處的表現，高級本 30 課）
> ─────────────────────
> 「～ので」的後句可以是「要求」的內容

● アメリカ人　彼はアメリカ人なので、漢字が読めません。
※ 名詞　　　　　　　　　　　　　　　　　　　　　　不會唸（中級本 20 課：可能形用法）

（因為他是美國人，所以不會唸漢字。）

> アメリカ人（普通形－現在肯定形）＋ な ＋ ので
> 表示　因為～所以～　的說法

鈴木：佐藤さん、テレビ見ましたか。

佐藤：え？ 何かあったんですか。

鈴木：地震ですよ、地震。九州で大きな地震があったんです。
　　　表示：動作進行地點（初級本03課）

佐藤：あ、そうだったんですか*。
　　　　　原來是這樣啊

鈴木：地震でたくさん建物が倒れたんです。

佐藤：そうなんですか。怖いですね。
　　　　是這樣啊

鈴木：その建物がたくさん倒れた場所が天野さんの

　　　住んでいるところなんですよ。
　　　　目前居住的地方

佐藤：え、そうなんですか。ちょっと天野さんに電話してみます。
　　　　　是這樣啊　　　　　　　　　　　　打電話看看（中級本14課：て形用法）

鈴木：ええ、かけてみてください。テレビをつけますね。
　　　　請打看看（中級本14課：て形用法）　　　表示：親近・柔和

テレビ：たった今 入ったニュースです。宮崎県の宮崎市では
　　　　剛剛

　　　　激しい揺れで建物が倒れ…。
　　　　激烈的

184

鈴木：どうですか。

佐藤：だめですね。<u>出ません</u>。
　　　　　　　　　　　沒有接

鈴木：最近、九州は山も噴火するし、大きな地震も起きたし、

　　　大変です*よね。
　　　　真慘　　「提醒並要求同意」的語氣

佐藤：そうですね。先週も大雨が降って土砂崩れが

　　　<u>起きたばかりです</u>。でも、食べ物もおいしいし、風景も
　　　　　　剛剛發生

　　　きれいですから、いい所なんですけど<u>ね</u>…。
　　　　　　　　　　　　　　表示「前言」的用法　表示：親近・柔和

鈴木：あ、携帯が<u>鳴っています</u>よ。
　　　　　　　正在響（中級本14課：て形用法）

佐藤：あ、もしもし？ああ、天野さんですか。地震、だいじょうぶで

　　　したか。電話<u>に</u>出なくて心配していたんですよ。
　　　　　　　表示：出現點

天野：いやあ、すみません。佐藤さんの電話の音で、

　　　今<u>起きたところなんです</u>。
　　　　　剛剛起床

佐藤：え？地震はだいじょうぶだったんですか。

185

天野<ruby>天<rt>あま</rt></ruby><ruby>野<rt>の</rt></ruby>：ぐっすり<ruby>寝<rt>ね</rt></ruby>ていたので、<ruby>揺<rt>ゆ</rt></ruby>れには<ruby>気<rt>き</rt></ruby>づきませんでしたよ。
睡得很熟　　　　　　　表示：方面　　沒注意到

佐藤<ruby>佐<rt>さ</rt></ruby><ruby>藤<rt>とう</rt></ruby>：そうですか。とにかく<ruby>無事<rt>ぶじ</rt></ruby>でよかったです。
總之　　表示：原因

中譯

鈴木：佐藤先生，你看電視了嗎？

佐藤：欸，有發生什麼事了嗎？

鈴木：地震唷！地震！在九州發生了大地震。

佐藤：啊，原來是這樣啊。

鈴木：因為地震，很多建築物倒塌了。

佐藤：是這樣啊。好可怕啊。

鈴木：有很多建築物倒塌的那個地點是天野先生目前居住的地方耶。

佐藤：欸，是這樣啊。我給天野先生打一下電話看看。

鈴木：嗯，請你打看看。我來打開電視喔。

電視：剛剛進來的新聞。在宮崎縣的宮崎市因為激烈的搖晃，導致建築物倒塌…。

鈴木：怎麼樣？

佐藤：不行耶。沒有人接。

鈴木：最近，九州又是火山爆發又發生大地震，真慘耶。

佐藤：對啊，上星期也因為下大雨，剛發生過土石流。不過，因為那裡食物又好吃，風景又美，是很棒的地方耶…。

鈴木：啊！手機響了唷！

佐藤：啊！喂喂？啊！是天野先生嗎？地震不要緊嗎？因為你沒有接電話，所以一直擔心著。

天野：哎，不好意思。我是因為佐藤先生打來的電話聲，現在才剛剛起床。

佐藤：咦？地震不要緊嗎？

天野：因為我睡得很熟，沒有注意到搖晃唷。

佐藤：這樣子啊。總之你平安無事太好了。

＊「そうだったんですか。」是聽到對方說明自己原本不知道的事，雖然有點驚訝但還是能夠理解時的用語。例如：

大学院に受かったので、来年日本へ行きます。

受かります（ます形）
受かった　（た形）

そうだったんですか。
すごいですね。

（因為考上了研究所，所以明年我要去日本。）　（原來是這樣啊！真厲害！）

整理：「大変」的用法

● 當　　副詞　　：表示「非常～」，多用於較正式的會話或文章

（例）お返事がこんなに遅くなって大変失礼しました。
（（因為）這麼晚回信，（所以）對你感到非常抱歉。）

> 遅い（去掉い＋く）＋ なります → 遅くなります（ます形）
> 遅くなって（て形）表示「理由」
> 失礼します（ます形），失礼しました（ます形的過去肯定形ました）

● 當　な形容詞　：表示「嚴重的、辛苦的、不得了的」

（例）大変な間違いをしました。（我犯了很嚴重的錯誤。）

（例）Ａ：最近、毎日残業しなければなりません。
　　　（最近，我每天都必須加班。）

　　　Ｂ：それは大変ですね。（那真是辛苦呀。）

187

32課 關連語句

說明電影很無聊，看了是損失

A：この映画は主人公（えいが しゅじんこう）もハンサムじゃないし、
  主角

　　登場人物（とうじょうじんぶつ）も多（おお）すぎるし、つまらないですね。
  過多（中級本 22 課：「過於～」的用法）

B：そうですね。見（み）て損（そん）しましたね。
  損失

A：這部電影的主角又不帥，登場人物又過多，真無聊啊。
B：對啊。看了真損失啊。

說明這裡又安靜空氣又好，附近還有公園

A：ここは本当（ほんとう）にいい環境（かんきょう）ですね。

B：ええ。静（しず）かだし、空気（くうき）もきれいだし、

　　それに近（ちか）くに大（おお）きな公園（こうえん）もあるんです。
  表示：存在位置（初級本 07 課）

A：這裡真的是很好的環境耶。
B：對啊，又安靜空氣又好，而且附近還有一個大的公園。

提議為對方介紹對象

A：恋人（こいびと）がいなくて、寂（さび）しいです。
  表示：焦點（初級本 07 課）

B：誰（だれ）か紹介（しょうかい）しましょうか。
  要不要介紹？

A：因為沒有情人，所以很寂寞。
B：要不要介紹哪個人（給你）？

A：昨日は歯が痛くて寝られませんでした。
　　きのう　　は　　いた　　　ね
　　睡不著（中級本 20 課：可能形用法）

B：早く歯医者へ行ったほうがいいですよ。
　　はや　は いしゃ　い
　　去～比較好（中級本 18 課：た形用法）

A：昨天牙齒痛，所以
　　睡不著。
B：趕快去看牙醫比較
　　好唷。

A：今日は用事があるので、先に帰りますね。
　　きょう　ようじ　　　　　　さき　かえ
　　　　　　　　　　　　　　　　先

B：そうですか。じゃ、また明日。
　　　　　　　　　　　　　あした
　　　　　　　　　　　　　明天見

A：因為今天有事，
　　所以我要先走喔
　　。
B：這樣子啊。那麼
　　，明天見。

A：どうして荷物がまとめてあるんですか。
　　　　　　にもつ
　　為什麼

B：ここは夜、静かすぎて怖いので、来週
　　　　よる　しず　　　　こわ　　　　らいしゅう
　　　　　　太安靜（中級本 22 課：「過於～」的用法）

引っ越そうと思っているんです。
ひ　こ　　　　おも
打算搬家（中級本 19 課：意向形用法）

A：為什麼行李是打
　　包好的？
B：因為這裡的夜晚
　　太安靜，很恐怖
　　，所以我打算下
　　星期搬家。

189

第33課

しごと　　　　　　　　　　　　　　　　ねが
仕事がうまくいくようにお願いしました。
祈求工作順利進行。

語調	發音	漢字・外來語	意義
4	かせぎます	稼ぎます	賺錢
3	ぬります	塗ります	塗抹
4	やといます	雇います	雇用
4	なおします	直します	修理
6	さんぱいします	参拝します	參拜
4	ならします	鳴らします	讓～發出聲音
5	おじぎします	お辞儀します	鞠躬
4	いのります	祈ります	祈禱
4	そだてます	育てます	養育
6	せっけいします	設計します	設計
3	ぬけます	抜けます	脫落
0	おかいどく	お買い得	買到賺到
1	しゅうり	修理	修理
3	ざいりょう	材料	材料
0	きず	傷	傷口
1	かみさま	神様	神明
0	ねがいごと	願い事	願望
0	おさいせん	お賽銭	香油錢
0	すず	鈴	鈴鐺
0	けんこう	健康	健康
1	しりつ	私立	私立
4	ノートパソコン	notebook personal computer	筆記型電腦

語調	發音	漢字・外來語	意義
0	びょうき	病気	疾病
1	い￢りょう	医療	醫療
0	おすすめ	お勧め	推薦
5	おんがくホ￢ール	音楽＋hall	音樂廳
4	かていきょ￢うし	家庭教師	家庭教師
3	ふくぶ￢くろ	福袋	福袋
0	でんきや	電気屋	電器店
6	おんがくプレ￢ーヤー	音楽＋player	音樂播放器
0	〜ひ	〜費	〜費
0	でんし〜	電子〜	電子〜
3	いくも￢うざい	育毛剤	生髮劑
1	う￢まく		順利
1	ま￢いにち	毎日	每天
2	つぎ￢に	次に	接著
1	カ￢シオ	CASIO	日本卡西歐公司

❶ 東 京 で部屋を借りるのに 7 万 円 は 必 要 です。
　（要在東京租屋，至少需要7萬日幣。）

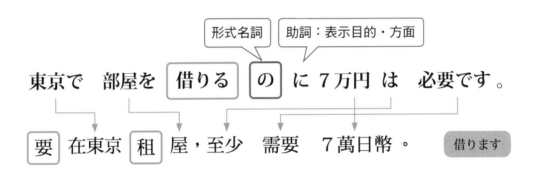

文型整理

A＜目的・方面＞

[普通形 　な形容詞（な）　の] に＿＿＿＿＿。＜目的・方面的説法＞
[名詞]

※如果是「な形容詞」的「現在肯定形普通形」，需要有「な」再接續。

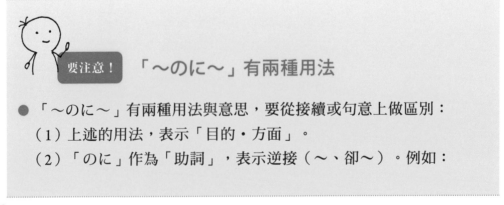

要注意！ 「～のに～」有兩種用法

● 「～のに～」有兩種用法與意思，要從接續或句意上做區別：
　（1）上述的用法，表示「目的・方面」。
　（2）「のに」作為「助詞」，表示逆接（～、卻～）。例如：

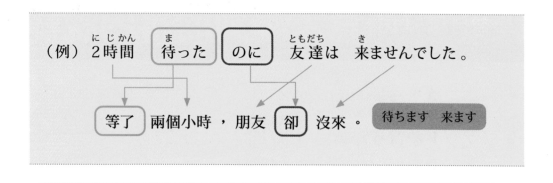

（例）2時間 待った のに 友達は 来ませんでした。

等了 兩個小時， 朋友 卻 沒來。 待ちます　来ます

文型整理　[普通形（ な形容詞 名詞 （ な ・な ）] のに　　〜、卻〜

※如果是「名詞」、「な形容詞」的「現在肯定形普通形」，需要有「な」再接續。

例文

● 買います チケットを買うのに２時間も並びました。
※動詞 竟然

（為了買票，竟然排隊排了兩個小時。）

> 買います（丁寧形），買う（辭書形）＝普通形
> 動詞普通形 ＋ のに　表示目的・方面　的說法
> 並びます（ます形），並びました（ます形的過去肯定形ました）

● 調べます この辞書は言葉の意味を調べるのに便利です。
※動詞 字典

（這本字典，在查詢單字的意思方面很方便。）

> 調べます（丁寧形），調べる（辭書形）＝普通形
> 動詞普通形 ＋ のに　表示目的・方面　的說法

● 修理 車の修理に１０万円必要です。
※名詞
（為了修理車子，需要10萬日圓。）

> 名詞 ＋に　表示目的・方面　的說法

❷ チケットを買（か）うために 3 時間（さんじかん）も 並（なら）びました。
（為了要買票，竟然排了 3 個鐘頭。）

チケットを 買う ために 3時間 も 並びました 。

為了 要買 票 竟然 排了 3個鐘頭 。　買います　並びます

文型整理

A ＜目的＞
[意志動詞－辭書形]
[名詞] の
ために B：達成 A 的動作 。

為了 A，～。

不同角度的動詞分類

從上面的「文型整理」中學到，「ために」前面如果要接動詞，必須是「意志動詞」的辭書形。

那麼，「意志動詞」還有哪些？有「非意志動詞」嗎？又或者，日文中還有什麼樣特質的動詞呢？下表是從各種角度所做的動詞分類整理：

分類依據	各類動詞
動作 的有無	動作動詞：歩く、食べる、来る… （走路）（吃）（來）
	狀態動詞：わかる 、 ある 、 いる… （懂）（有（指無生命））（有（指有生命））
繼續長度	瞬間動詞：起きる、出かける、着く… （起床）（出門）（抵達）
	繼續動詞：働く、勉強する、住む… （工作）（學習）（居住）
動詞變化	第Ⅰ類動詞：歩く、わかる、働く… （走路）（懂）（工作）
	第Ⅱ類動詞：食べる、 いる 、出かける… （吃）（有（指有生命））（出門）
	第Ⅲ類動詞：来る、する、勉強する… （來）（做）（學習）
作用對象 的有無	他動詞：開ける、入れる、食べる… （打開）（放入）（吃）
	自動詞：開く、入る、降る… （開）（進入）（下（雨））
意志 的有無	意志動詞：入る、入れる、食べる… （進入）（放入）（吃）
	非意志動詞：開く、降る、見える… （開）（下（雨））（看得到）

例文

● 留学します
※動詞

日本へ 留学するために 毎日日本語を

勉強しています。
學習〜。表示目前狀態（中級本14課：て形用法）

（為了去日本留學，（我）每天學習日文。）

> 留学します（ます形），留学する（辭書形）
> 動詞辭書形 + ために 表示為了〜 的說法
> ──────────────────────
> 勉強します（ます形），勉強して（て形）

● 作ります
※動詞

ケーキを作るために 材料を買いに
表示：目的（初級本12課）

行かなければなりません。
一定要去（中級本17課：ない形用法）

（為了要做蛋糕，一定要去買材料。）

> 作ります（ます形），作る（辭書形）
> 動詞辭書形 + ために 表示為了〜 的說法
> ──────────────────────
> 買います（ます形去掉ます）+ に

● 妻
※名詞

妻のために 一生懸命 働いて
拼命　　工作，然後〜（中級本15課：動作順序的說法）

お金を稼ぎます。
賺錢

（為了妻子，（我）要拼命工作賺錢。）

> 名詞 + の + ために 表示為了〜 的說法
> ──────────────────────
> 働きます（ます形），働いて（て形）

筆 記 頁

空白一頁，讓你記錄學習心得，也讓下一頁的「學習目標」，能以跨頁呈現，方便於對照閱讀。

がんばってください。

（請加油！）

❸ 早く風邪が治るように 薬 をたくさん飲みました。
（為了感冒早點痊癒，吃了很多藥。）

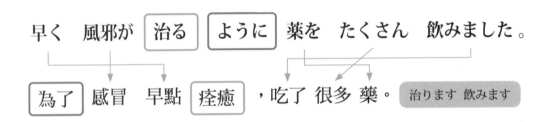

早く　風邪が　治る　ように　薬を　たくさん　飲みました。

為了　感冒　早點　痊癒，吃了　很多　藥。　治ります 飲みます

文型整理

A ＜目的・希望的狀態＞
　　　[非意志動詞－辭書形]
　　　[動詞－ない形／可能形]　　ように　　B：達成A的動作　。
[知覺動詞（見える・聞こえる・わかる等）]
　　　[他人的動作－辭書形]
　　　　　　　　　　　　　　　　為了A～、希望A～

要注意！　區別：「～ために」和「～ように」

可以這樣子區別「～ために」和「～ように」：

● 「～ために」前面的動詞：可以　由自己決定而進行
● 「～ように」前面的動詞：不能　由自己決定而進行

● 治ります ※ 動詞　早く傷が治るように薬を塗ります。
　　　　　　　（はや）（きず）（なお）　　　（くすり）（ぬ）
　　　　　　趨快

（為了傷口早點痊癒，要擦藥。）

> 治ります（ます形），治る（辭書形）
> 「傷口痊癒」是非意志動作 → 所以用「ように」

● 聞こえます ※ 動詞　後まで聞こえるように大きい声で話してください。
　　　　　　　　（うしろ）（き）　　　　　（おお）　（こえ）（はな）
　　　　　　　到～為止　　　　　　　　　表示：工具・手段（初級本12課）

（為了後面的人都能聽得見，請大聲說話。）

> 聞こえます（ます形），聞こえる（辭書形）
> 「聞こえます」是知覺動詞 → 所以用「ように」

● 勉強します ※ 動詞　子供がちゃんと勉強するように家庭教師を雇いま
　　　　　　　（こども）　　　　　（べんきょう）　　　（かていきょうし）（やと）
　　　　　　　　　　　好好地

した。

（為了讓小孩好好地唸書，請了家庭教師。）

> 勉強します（ます形），勉強する（辭書形）
> 「小孩子會不會好好唸書」是他人的動作 → 所以用「ように」
>
> 雇います（ます形），雇いました（ます形的過去肯定形ました）

（新年の早朝）

陳：人がたくさん並んでいますね。あの人たちは何を
　　　　　　　　　　　　　　　　　　那些人

待っているんですか。
　　　正在等…？（中級本14課：て形用法）「んですか」表示「關心好奇」

田中：デパートが開くのを待っているんですよ。早く福袋を買う
　　　　　　　　　　形式名詞・表示具體的某事

ために並んでいるんです。

陳：ああ、なるほど。日本の福袋は有名ですからね。
　　　　　　原來如此　　　　　　　　　　　　　　　　表示：親近・柔和

田中：陳さんも買ったことがありますか。
　　　　　　　　　　有買過（中級本18課：た形用法）

陳：去年、電気屋の福袋を買いましたよ。

田中：へえ、中にどんなものが入っていましたか。
　　　喔　　　　　　什麼樣的

陳：デジカメとか音楽プレーヤーが入っていました。1万円の
　　　數位相機、音樂播放器之類的

福袋です。

田中：じゃあ、お買い得*ですね。
　　　那樣　　　買到賺到

陳：でも、デジカメは使っている時に落としてしまって、直すのに
摔掉了。表示無法挽回的遺憾（中級本15課：て形用法）

１万２千円も かかってしまいました。
竟然 花了。表示無法抵抗、控制（中級本15課：て形用法）

田中：はっは、残念でしたね。
真可惜

（神社で）

田中：じゃ、神様に願い事をしましょう。
那麼　　　表示：動作的對方（初級本08課）

陳：どうやって参拝しますか。
如何

田中：まず、お賽銭を入れて鈴を鳴らします*。次に二回
首先　　放入香油錢　　搖響鈴噹　　接下來

お辞儀をして二回手をたたいて目をつぶって願い事をします。
鞠躬　　　　拍手　　　閉上眼睛

最後にもう一回*お辞儀をしたら終わりです。
再一次　　鞠躬的話（中級本21課：「～たら」的用法）

陳：わかりました。田中さんの言ったとおりに参拝してみます。
按照～所說的（中級本18課：た形用法）

田中：何をお祈りしましたか。

陳：家族の健康と、仕事がうまくいくようにお願いしました。
順利地進行

201

田中（たなか）：それだけですか。

陳（ちん）：もう一つ*（ひと）ありますけど、それは秘密（ひみつ）です。
　　　　　　<u>還有一個</u>　　　<u>不過</u>

中譯

（新年的早晨）
　陳：好多人在排隊耶。那些人正在等什麼呢？
田中：正在等百貨公司開門唷。為了早點買到福袋而排隊。
　陳：啊，原來如此。因為日本的福袋很有名吧。
田中：陳小姐也有買過嗎？
　陳：我去年買了電器店的福袋唷。
田中：喔，裡面放了什麼樣的東西呢？
　陳：放了數位相機、音樂播放器之類的。是1萬日圓的福袋。
田中：那樣很划算耶。
　陳：但是，使用數位相機的時侯，相機摔掉了，為了修理竟然花了1萬2
　　　千日圓。
田中：哈哈，真可惜耶。

（在神社）
田中：那麼，我們去向神明許願吧。
　陳：要如何參拜呢？
田中：首先，把香油錢放進去，然後搖響鈴鐺。接下來，鞠兩次躬，拍兩
　　　下手，然後閉上眼睛許願。最後再鞠躬一次，就結束了。
　陳：我知道了。就按照田中小姐說的參拜看看。

田中：你祈禱了什麼呢？
　陳：我為了家人身體健康和工作能夠順利進行而祈求。
田中：只有那樣嗎？
　陳：還有一個，不過那是秘密。

＊「お買い得」＝「價錢便宜，買到很划算、買到賺到」

今日はバーゲンですから、このワンピースはお買い得ですよ。

店員
（店員）

お客さん
（顧客）

（因為今天打折，所以這件連身裙買到賺到唷。）

＊〜を鳴らします。（讓〜發出聲音。）

● ベルを鳴らします。（按響電鈴。）

● 鐘を鳴らします。（鳴鐘。）

＊「もう＋數量詞」＝「還〜、再〜、又〜」

もう一つください。

かしこまりました。少々お待ちください。

（請給我再一份。）　　（我知道了，請您稍候。）

● 如果後面接續「時間詞」，則表示「已經是〜時間了」。

もう１２時です。（已經12點了。）

好奇在日本直到大學畢業的教育費竟要三千萬日圓

A：日本では大学卒業まで子供を育てるのに
　　　　　　　　直到

　　３千万円もかかるんですか？
　　要花～嗎？「～んですか？」表示「關心好奇」

B：ええ。私立へ行かせたら、４千万円必要です。
　　　　要讓～去的話（中級本 24 課：使役形用法）

> A：在日本養育小孩直到大學畢業這方面，竟然要花三千萬日圓嗎？
> B：對啊，如果讓他們去私立（學校）的話，要四千萬日圓。

說明大包包適合帶筆電

A：大きなかばんですね。
　　　　　　要求同意的語氣

B：ええ、ノートパソコンを運ぶのに
　　　　筆記型電腦

　　ちょうどいいんです。
　　剛剛好。「～んです」表示「強調」

> A：好大的包包耶。
> B：對啊，在攜帶筆記型電腦方面剛剛好。

說明為了父親的醫藥費而拼命工作

A：どうしてそんなに働くんですか。
　　　　　　那樣地

B：病気の父の医療費のために

　　お金が必要なんです。
　　表示：焦點（初級本 07 課）

> A：你為什麼要那樣地（拼命）工作呢？
> B：為了生病父親的醫藥費，所以需要錢。

204

請對方推薦英文字典

A：英語を勉強するためにいい辞書を

探しているんですが、おすすめの

正在找尋。「～んですが」表示「前言」　推薦

辞書はありませんか。

B：カシオの電子辞書はいいですよ。

| A：為了學習英文，我正在找好的字典，你有推薦的字典嗎？ |
| B：卡西歐的電子字典不錯唷。 |

說明音樂廳是為了讓後排觀眾清楚聽見而設計

A：この音楽ホールはおもしろい形ですね。

音樂廳　　　　　　　造型

B：ええ。後の席までよく聞こえるように

清楚地

設計されているんです。

被～所設計。公共的受身文

（中級本 23 課：受身形用法）

| A：這個音樂廳是有趣的造型耶。 |
| B：對啊，是為了讓後面的座位都能清楚地聽見所設計的。 |

說明為了不要掉髮，塗了生髮劑

A：何の薬を頭に塗っているんですか。

表示：歸著點

B：髪の毛が抜けないように育毛剤を

不要脫落　　　　　生髮劑

塗っているんです。

| A：你塗什麼藥在頭上？ |
| B：為了讓頭髮不要脫落，我塗了生髮劑。 |

第34課

かいがい　てんきん
海外へ転勤するかもしれません。
說不定會調職去國外。

本課單字

語調	發音	漢字・外來語	意義
6	てんきんします	転勤します	調職
1、5	よういします	用意します	準備
4	きまります	決まります	決定
5	かしだします	貸し出します	出租
4	わかれます	別れます	分手
6	しつれんします	失恋します	失戀
3	たちます	経ちます	經過
4	ほうります	放ります	放著不管
5	しはらいます	支払います	支付
1	コート	coat	外套、大衣
2	コピーき	copy＋機	影印機
3	そうじき	掃除機	吸塵器
0	ふどうさんや	不動産屋	房屋仲介、房地產公司
0	さき	先	未來
1	コンサート	concert	演唱會
0	ちかてつ	地下鉄	地下鐵
0	むりょう	無料	免費
1	せんげつ	先月	上個月
5	ほしょうきかん	保障期間	保固期間
1	もしかしたら		或許、有可能
1	すぐに		立刻、馬上

筆記頁

空白一頁，讓你記錄學習心得，也讓下一頁的「學習目標」，能以跨頁呈現，方便於對照閱讀。

がんばってください。

（請加油！）

❶ らいねん けっこん
来年、結婚するかもしれません。
（說不定明年會結婚。）

 一定要會的！ 「〜かもしれません」的省略說法

口語會話中，「〜かもしれません」會省略為「〜かも」。

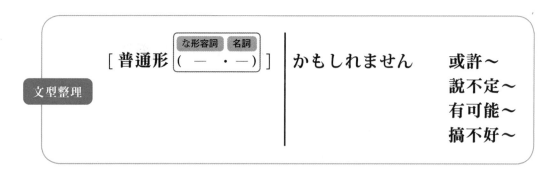

※「名詞」、「な形容詞」的「現在肯定形普通形」，直接接續「かもしれません」，不需要加「だ或な或の」。

● 出席します
※ 動詞

明日、パーティーに出席できないかもしれません。
あした　　　　　　　　　　　しゅっせき
　　　　　　　　　　　　　　表示：出現點

（說不定明天不能出席派對。）

> 出席できます　（丁寧形－出席します的可能形）
> 出席できません（丁寧形－出席します的可能形否定形）
> 出席できない　（普通形－出席します的可能形否定形）

● ひきます
※ 動詞

もしかしたら風邪をひいたかもしれません。
　　　　　　　かぜ
或許。經常和「かもしれません」一起使用

（或許有可能感冒了。）

> ひきました（丁寧形－ます形的過去肯定形ました）
> ひいた　　（普通形－過去肯定形た形）

● 寒い
※ い形容詞

A：4月に日本へ旅行に行きます。
　　しがつ　にほん　りょこう　い
　　　　　　　　　　表示：目的（初級本12課）

B：4月はまだ寒いかもしれませんから、コートを
　　しがつ　　　さむ
　　　　　　　還

持って行ったほうがいいですよ。
も　　い
帶去比較好（中級本18課：た形用法）

A：（我）4月要去日本旅行。

B：4月或許還很冷，把外套帶去比較好唷。

> 寒いです（丁寧形），寒い（普通形）

※「ほう」也可以寫成漢字「方」。

❷ 明日は台風が来るでしょう。（明天颱風應該會來吧。）

※「名詞」、「な形容詞」的「現在肯定形普通形」，直接接續「でしょう」，不需要加「だ或な或の」。

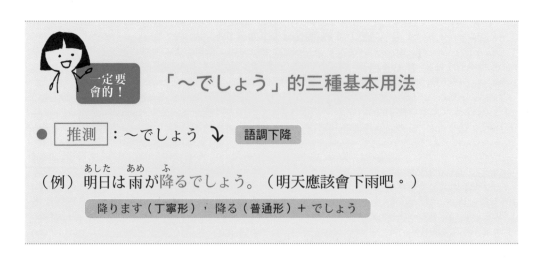

● 要求同意、再確認 ：～でしょう ↗ 語調提高

【要求同意】

（例）この店の 料理はおいしいでしょう？
　　　（這家店的料理很好吃對不對？）※提問時，已經在吃的狀況下

> おいしいです（丁寧形）， おいしい（普通形）＋ でしょう

【再確認】

（例）昨日、日本語能 力 試験があったでしょう？ あなたも 参加し
ましたか。

　　　（昨天有日文檢定考對不對？你也參加了嗎？）

> あります　　（ます形）
> ありました（丁寧形－ます形的過去肯定形ました）
> あった　　　（普通形－過去肯定形た形）＋ でしょう

● 鄭重的問法 ：～でしょうか（加上疑問助詞：か）

詢問別人問題時，當問題有可能是對方不知道、或是不想回答的內容
時，為了避免語氣太直接，可以用「～でしょうか」來詢問。

（例）このコピー機、使ってもいいでしょうか。

　　　（可以使用這台影印機嗎？）

> 使ってもいいです（文型的丁寧形）
> 使ってもいい　　　（文型的普通形）＋ でしょうか　表示鄭重的問法

（例）電話番 号は何番でしょうか。

　　　（請問你的電話號碼是幾號？）

> 何番（疑問詞，可視為名詞）＋ でしょうか　表示鄭重的問法

● 合格します　一生懸命勉強していましたから、彼は合格できる
　　※動詞　　　　　　拼命

でしょう。

（因為他拼命唸書，所以應該可以考上吧。）

> 合格できます（丁寧形－合格します的可能形）
> 合格できる　（普通形－合格します的可能形）
> 動詞普通形 ＋ でしょう　語調下降，表示推測

● 来ます　　明日のパーティーに来るでしょう？
　　※動詞　　　　　　表示：到達點（初級本 12 課）

（明天的派對（你）會來對不對？）

> 来ます（丁寧形），来る（普通形）
> 動詞普通形 ＋ でしょう　語調提高，表示再確認

● 使います　この掃除機、まだ使えるでしょうか。
　　※動詞　　　　吸塵器

（這台吸塵器還能使用嗎？）

> 使えます（丁寧形－使います的可能形）
> 使える　（普通形－使います的可能形）
> 動詞普通形 ＋ でしょうか　表示鄭重的問法

筆記頁

空白一頁，讓你記錄學習心得，也讓下一頁的「學習目標」，能以跨頁呈現，方便於對照閱讀。

....

....

....

....

....

....

....

....

....

....

....

....

....

....

....

....

がんばってください。

（請加油！）

❸ 旅行_{りょこう}に行_いくと言っていましたから、彼_{かれ}は家_{いえ}にいないはずです。（因為有說過要去旅遊，所以他應該是不在家。）

旅行に 行く と 言っていました から、彼は 家に いない はず です。

因為 有說過 要去 旅遊，所以 他 應該 是 不在 家。

行きます 言います います

「～でしょう」和「～はずです」的差異

「～でしょう」和「～はずです」都有＜推測＞的意思，差別如下：

「～でしょう」：根據「客觀的狀況」去推測

「～はずです」：根據「知識・經驗・事實」去推測；
是個人的推斷，結果可以與現有的事實不一樣。

（例） ここに帽子_{ぼうし}を置_おいたはずです…。

（帽子應該是放在這裡的…。）

214

置きます　（丁寧形－ます形的現在肯定形）
置きました（丁寧形－ます形的過去肯定形ました）
置いた　　（普通形－過去肯定形た形）

● 以為自己把帽子放在桌上，實際上帽子並沒有在桌上。是個人的推
　斷，結果可能與現有的事實不一樣時，可以用「～はずです」。

文型整理　［普通形（ な形容詞　名詞 （ な ・ の ）］

　　　　　　　　　　　　　はずです　　　　　　（照理說）應該～

　　　　　　　　　　　　　はずがありません　　不可能～

※ 如果是「な形容詞」的「現在肯定形普通形」，需要有「な」再接續。
※ 如果是「名詞」的「現在肯定形普通形」，需要有「の」再接續。

例文

● 来ます　さっき電話がありましたから、彼は遅れて来るはずです。
※ 動詞　　剛剛　　　　　　　　因為（初級本07課）て形：表示樣態

　　（因為剛剛有打電話過來，所以他應該會晚來。）

来ます（丁寧形），来る（普通形）
動詞普通形 ＋ はずです　照理說應該～ 的說法

あります（ます形），ありました（ます形的過去肯定形ました）
遅れます（ます形），遅れて（て形）

● おきます　Ａ：あれ？ 昨日買ったビールがありませんね。
※ 動詞

　　Ｂ：え？ 冷蔵庫に入れておいたはずですが…。
　　　　　　　　　　放著。表示「善後措施」　表示「前言」，緩衝語氣的助詞

A：哎？沒有昨天買的啤酒耶。

B：咦？應該是放在冰箱了…。

入れます（ます形），入れて（て形）＋ おきます → 入れておきます
入れておきました（丁寧形－ます形的過去肯定形ました）
入れておいた　　　（普通形－過去肯定形た形）
動詞普通形 ＋ はずです　照理說應該～　的說法

買います　　（ます形）
買いました（丁寧形－ます形的過去肯定形ました）
買った　　　（普通形－過去肯定形た形）＋ 名詞（高級本 28 課）

● します あのやさしい鈴木さんが悪いことをするはずがありませ
　※ 動詞　　　　　　　　温柔的　　　　　　壊事

ん。

（那個溫柔的鈴木先生應該不可能做壞事吧。）

します（丁寧形），する（普通形）
動詞普通形 ＋ はずがありません　不可能～　的說法

筆記頁

空白一頁，讓你記錄學習心得，也讓下一頁的「應用會話」，能以跨頁呈現，方便於對照閱讀。

がんばってください。

（請加油！）

34課 應用會話

高橋：あ、鈴木さん。お久しぶりです。元気ですか。
好久不見

鈴木：ええ、相変わらず元気です。高橋さんは？
跟往常一樣

高橋：実は来年、海外へ転勤するかもしれません。
表示：方向（初級本04課）

鈴木：ええ？ どこへですか。

高橋：上海です。

鈴木：へえ、中国語はだいじょうぶなんですか。
哦～　　　沒問題嗎？「～んですか」表示「關心好奇」

高橋：陳さんと王くんに少し教えてもらいましたけど、
請～教了我

やっぱり*心配ですね。
仍然還是

鈴木：高橋さんならきっとすぐに上手になるでしょう。
如果是高橋先生的話　　　　應該會變得很厲害吧
（中級本21課：「～なら」的用法）（中級本16課：「變成～」的用法）

高橋：そうだといいです*が…。
要是那樣的話　　　表示「前言」的用法
（中級本21課：「～と」的用法）

218

鈴木：住む場所は自分で探すんですか。
表示：行動單位（初級本04課）

高橋：会社が用意してくれるはずです。
應該會幫我準備

鈴木：今住んでいる部屋はどうするんですか。
打算怎麼辦？「〜んですか」表示「關心好奇」

高橋：本当に転勤が決まったら、不動産屋に頼んで
如果決定的話　　　　　　　表示：動作的對方（初級本08課）
（中級本21課：「〜たら」的用法）

貸し出すつもりです。
打算出租（中級本19課：辭書形用法）

鈴木：そうですか。高橋さんにしばらく会えなくなりますね。
表示：接觸點　　　　　　　變成無法見面
（中級本20課：可能形用法）

高橋：もし転勤になっても、年に2回は帰れるはずですから、
就算調職

その時会いましょう。

鈴木：ええ、そうですね。いいなあ。私も海外で

働いてみたいです。
想要工作看看（中級本14課：て形用法）

高橋：まあ、まだ先のことですから、どうなるかわかりませんよ。
反正　　　　未來的事情　　　　　會變成怎樣

高橋：啊，鈴木小姐。好久不見。你好嗎？

鈴木：嗯，我跟往常一樣過得很好。高橋先生呢？

高橋：其實我說不定明年會調職去國外。

鈴木：嗯，會去哪裡呢？

高橋：去上海。

鈴木：哦～，你的中文沒有問題嗎？

高橋：雖然有請陳小姐和小王教了我一點點，不過仍然還是會擔心耶。

鈴木：如果是高橋先生的話，應該一定馬上就會變得很厲害吧。

高橋：要是那樣就好了…。

鈴木：住的地方是要自己找嗎？

高橋：公司應該會幫我準備。

鈴木：現在住的房間打算怎麼辦呢？

高橋：真的決定要調職的話，我打算拜託房屋仲介出租。

鈴木：這樣子啊。會變成暫時無法見到高橋先生耶。

高橋：就算調職，因為一年應該能夠回來兩次，所以那時候再見面吧。

鈴木：嗯，好啊。真好啊。我也想要在國外工作看看。

高橋：反正因為還是未來的事情，會變成怎樣我不知道啊。

＊「やっぱり」是「やはり」口語說法，意思可分為以下四種：

● 仍然、依然

（例）彼は一生懸命勉強しても、やっぱり成績が悪いです。

（他雖然拼命唸書，成績依然很差。） 勉強します

（例）成熟な格好をしても、やっぱり子供です。

（雖然做成熟的打扮，但仍然還是個小孩子。） 格好をします（打扮）

● 果然

（例）やっぱり彼女は学校へ来ませんでした。

（果然她沒有來學校。） 来ます

● 改變主意

（例）まだ時間がありますから、やっぱり歩いて行きましょう。

（因為還有時間，（改變主意）還是走路去吧。）

＊「名詞＋だ＋といいです」＝「要是～多好啊、要是～就好了」
● 用來表達說話者的「願望、期待」
● 可用於「與事實相反的期待」

85点
（はちじゅうごてん）

もっといい点だといいです。

（要是分數再高一點就好了…）

● もっと（更～）／点（分數）

34課 關連語句

好奇感情那麼好怎麼會分手呢

A：もしかしたら彼女と別れるかもしれません。
　　或許　　　　和（初級本03課）

B：え、あんなに仲が良かったのに別れるんですか。
　　那麼地　　　　　　分手。「～んですか」表示「關心好奇」

A：或許會和女朋友分手。
B：咦！感情那麼好，怎麼會分手呢？

可能會塞車，提議搭地下鐵

A：今日のコンサート楽しみですね。
　　　　　演唱會

B：そうですね。道が込むかもしれませんから、
　　　　　　　　道路會塞車

地下鉄で行きましょう。
表示：交通工具（初級本04課）

A：好期待今天的演唱會啊。
B：對呀。因為路上或許會塞車，我們搭地下鐵去吧。

朋友失戀了，建議先別管他

A：彼は失恋したばかりで、元気がありませんね。
　　　　因為　　　　　　沒有精神

B：時間が経てば忘れるでしょう。
　　如果經過的話（中級本21課：條件形「～ば」用法）

放っておけばいいんですよ。
　　　放著不管就好

A：因為他剛失戀，所以沒什麼精神哦。
B：過一段時間的話，應該就會忘記了吧。不理他就好囉。

222

說明從未吃過這麼好吃的拉麵

A：この店のラーメン、すごくおいしいでしょう？
　　　　　　　　　　　　非常

B：そうですね。こんなおいしいラーメンは今まで
　　　　　　　　這麼好吃的　　　　　　　至今

食べたことがありません。
沒有吃過（中級本 18 課：た形用法）

A：這間店的拉麵非常好吃對不對？
B：對呀。這麼好吃的拉麵，我至今從未吃過。

說明還在保固期，可以免費維修

A：買ったばかりのパソコンが壊れてしまいました。
　　剛買　　　　　　　　壊掉了。表示無法挽回的遺憾（中級本 15 課：て形用法）

B：まだ保障期間ですから、無料で
　　　保固期間　　　　　　　表示：所需數量

修理してくれるはずですよ。
幫～修理

A：才剛買來的個人電腦壞掉了。
B：因為還在保固期間，應該會免費幫忙修理唷。

疑惑發薪日沒有發薪水

A：あれ？おかしいなあ。

B：どうしたんですか。

A：哎？好奇怪啊！
B：怎麼了？
A：5 號應該支付上個月的薪水，卻還沒有支付。

A：5日には先月の給料が支払われる
　　　　　　　　　　　　　　　　支付

はずなのにまだ支払われてないんです。
　～卻～　　　沒有支付。「～んです」表示「強調」

第35課

かいしゃ　しゅっせ
会社で 出 世しそうですね。　在公司好像會出人頭地耶。

(本課單字)

語調	發音	漢字・外來語	意義
5	しゅっせします	出世します	成功、出人頭地
5	りこんします	離婚します	離婚
6	とおりすぎます	通り過ぎます	通過、走過
5	つうかします	通過します	經過
5	よろこびます	喜びます	高興
3	つぎます	継ぎます	繼承
2	だるい		發痠的、倦怠的
0	せっきょくてき	積極的	積極的
1	ねっしん	熱心	熱心的
0	げんいん	原因	原因
2	におい	匂い	味道
0	きた	北	北方
1	ゆうき	勇気	勇氣
0	うなぎ	鰻	鰻魚
1	つうやく	通訳	翻譯、口譯
3	あいて	相手	對方
4	おみあい	お見合い	相親
0	しどう	指導	指導
0	きょうじゅ	教授	教授
0	ちちおや	父親	父親
0	うわさ	噂	傳聞
1	タイプ	type	類型
3	せきにんかん	責任感	責任感
1	にんじゃ	忍者	忍者

語調	發音	漢字・外來語	意義
0	げいしゃ	芸者	藝伎
3	げいの￢うじん	芸能人	藝人
3	かくし￢ご	隠し子	私生子
3	せいしゃ￢いん	正社員	正式職員
3	じょうけ￢ん	条件	條件
1	〜い￢がい	〜以外	〜以外
1	な￢んだか	何だか	總覺得、不知道為什麼
0	うちの		自家的
1	せ￢んだい	仙台	仙台
0	イギリス	Inglez（葡）	英國

傳聞表現

❶ 今年は暑くなるそうです。（聽說今年會變熱。）
ことし あつ

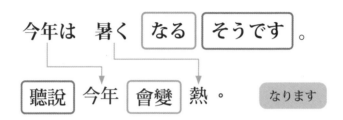

今年は 暑く [なる] [そうです] 。

[聽說] 今年 [會變] 熱 。　　[なります]

文型整理　[普通形 （ だ ・ だ ）[な形容詞][名詞]] | そうです　　聽說～、據說～

※ 如果是「名詞」、「な形容詞」的「現在肯定形普通形」，需要有「だ」再接續。

 一定要會的！　**如何說明「消息來源」？**

● 如果要說明消息來源（根據～），可以用：
「消息來源」＋「～によると」或「～によれば」

（例）ニュースによると、昨日仙台で地震があったそうです。
　　　きのうせんだい　じしん

（根據新聞報導，聽說昨天仙台發生了地震。）

> あります　　（丁寧形－ます形的現在肯定形）
> ありました　（丁寧形－ます形的過去肯定形ました）
> あった　　　（普通形－過去肯定形た形）＋ そうです
> ニュース（消息來源）＋ によると

● 遲い
※ い形容詞

新聞によると、今年の 桜 は咲くのが遲いそうです。

形式名詞・表示速度

（根據報紙，聽說今年的櫻花開花會開得晚。）

遲いです（丁寧形）‧ 遲い（普通形）＋ そうです
新聞（消息來源）＋ によると

● タバコの火
※ 名詞

ニュースによれば、火事の原因はタバコの火だったそう

火災

です。

（根據新聞報導，聽說火災的原因是香菸的火造成的。）

タバコの火でした（丁寧形－過去肯定形）
タバコの火だった（普通形－過去肯定形）＋ そうです
ニュース（消息來源）＋ によれば

● 留学します
※ 動詞

友達の 話 では、山田くんは来年イギリスへ 留 学す

表示：範圍 表示：區別　　　　　　　　表示：方向（初級本04課）

るそうです。

（從朋友的談話中，聽說山田同學明年會去英國留學。）

留学します（丁寧形）‧ 留学する（辭書形）＝ 普通形
留学する ＋ そうです

❷ 今年は暑くなりそうです。
（今年（看起來）好像會變熱。）

［動詞－ます形］	そうです
※【注意】	
［い形容詞－い］	
［な形容詞－な］	
［否定：動詞－ます形］	そう[に／も／にも]ありません
［否定：動詞以外－ない］	さ そうです

（看起來、直覺地）好像～

※注意「いい」和「ない」這兩個「い形容詞」：

「いい」⇒「よい」 ｜ さ そうです
「ない」⇒「ない」 ｜

● 「いい」（好）做推斷表現時，要用另一個同義字「よい」：

「よい」（去掉い）＋ さ ＋ そうです

● 「ない」（沒有）的推斷表現是：

「ない」（去掉い）＋ さ ＋ そうです

例文

● 降ります　もうすぐ雨が降りそうです。
　※動詞　　　　　　　　快要

（好像快要下雨了。）

降ります（ます形），降りま̶す̶ ＋ そうです

● 落ちます　荷物が落ちそうですよ。
　※動詞　　　　　　　　　　　表示：提醒（初級本 01 課）

（行李好像要掉下來囉。）

落ちます（ます形），落ちま̶す̶ ＋ そうです

● ない　元気がなさそうですね。どうしたんですか。
　※い形容詞　　　　　表示：再確認　怎麼了？「んですか」表示「關心好奇」
　　　　　　　　　　　（初級本 01 課）

（看起來好像沒什麼精神耶。你怎麼了？）

ないです（丁寧形），な̶い̶ ＋ さ ＋ そうです

❸ 昨日の夜、雪が降ったようです。
（昨天晚上好像有下雪。）

昨日の夜、雪が 降った ようです 。

昨天晚上 好像 有下 雪。 降ります

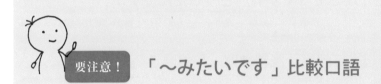

要注意！ 「～みたいです」比較口語

「～みたいです」與「～ようです」用法相同，只是前者較為口語。

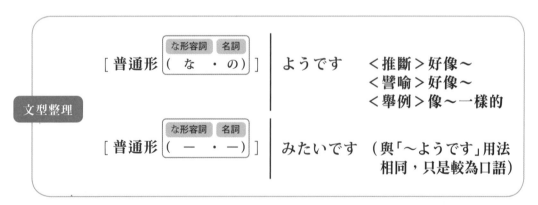

文型整理

[普通形 な形容詞 名詞 （ な ・ の ）] ようです ＜推斷＞好像～
＜譬喻＞好像～
＜舉例＞像～一樣的

[普通形 な形容詞 名詞 （ － ・ － ）] みたいです （與「～ようです」用法
相同，只是較為口語）

● ～ようです
※如果是「な形容詞」的「現在肯定形普通形」，需要有「な」再接續「ようです」。
※如果是「名詞」的「現在肯定形普通形」，需要有「の」再接續「ようです」。
● ～みたいです
※「名詞」、「な形容詞」的「現在肯定形普通形」，直接接續「みたいです」，不需要加「だ或な或の」。

● 焼きます いい匂いがしますね。どこかで 魚 を焼いているよう

※ 動詞　　　　　　散發香味　　　表示：要求同意　　　　　正在烤
　　　　　　　　　　　　　　　（初級本 01 課）　（中級本 14 課：て形用法）

です。

（味道好香耶！好像哪裡正在烤魚。）

> 焼きます（ます形）
> 焼いて　（て形）＋います（丁寧形）
> 焼いて　（て形）＋いる　（普通形）＋ようです
> 屬於　＜推斷＞好像～　的說法

● 持ちます 私 もあなたが持っているようなかばんが欲しいです。

※ 動詞　　　　　　目前持有的（中級本 14 課：て形用法）　　表示：焦點

（我也想要有像你目前持有的那樣的包包。）

> 持って（て形）＋います（丁寧形）
> 持って（て形）＋いる　（普通形）
>
> 「ようです」接續名詞時，和「な形容詞」相同：
> ようです（去掉です）＋ な ＋ 名詞
>
> 持っている ＋ ような ＋ かばん 像目前持有的那樣的包包
> 屬於　＜舉例＞像～一樣的　的說法

● 夏 今日は夏のような天気です。

※ 名詞

（今天好像是夏天一樣的天氣。）

> 夏です（丁寧形），夏（普通形－現在肯定形）＋ の ＋ようです
> ようです（去掉です）＋ な ＋ 名詞（同上用法）
> 夏 ＋ の ＋ ような ＋ 天気　好像是夏天一樣的天氣
> 屬於　＜譬喻＞好像～　的說法

❹ 日本の忍者や芸者は外国人に人気があるらしいです。
（日本的忍者和藝伎，好像很受外國人的歡迎。）

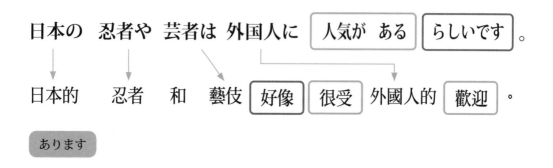

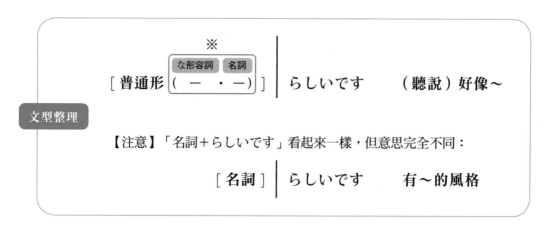

※「名詞」、「な形容詞」的「現在肯定形普通形」，直接接續「らしいです」，不需要加「だ或な或の」。

● 離婚します
※ 動詞

あの芸能人はそろそろ離婚するらしいですよ。
　　げいのうじん　　　　　　　　　　　りこん
　　　　　　　　　差不多　　　　　　　　　　表示：提醒（初級本 01 課）

（聽說那個藝人好像差不多要離婚囉。）

> 離婚します（丁寧形）
> 離婚する　（辭書形）＝ 普通形 ＋ らしいです
> 屬於（聽說）好像～　的說法

● 濃い
※ い形容詞

日本の北の方の料理は味が濃いらしい。
にほん　きた　ほう　りょうり　あじ　こ
　　　　北方

（聽說日本北方的料理好像口味很重。）

> 濃いです（丁寧形）
> 濃い　　（普通形）＋ らしいです
> 屬於（聽說）好像～　的說法
> ～らしい是普通體，是較為坦白的語氣

● 男
※ 名詞

彼は勇気があって、とても男らしい人です。
かれ　ゆうき　　　　　　　　　おとこ　　　　ひと
　　　有勇氣而且～（中級本 15 課：て形用法）

（他有勇氣，而且是個非常有男子氣概的人。）

> あります（ます形），あって（て形）
> 男（名詞）＋ らしいです　有男子氣概、有男人味
> 屬於　有～的風格　的說法
>
> 「らしい」接續名詞時，與「い形容詞」相同：
> → らしい ＋ 名詞
> → 男 ＋ らしい ＋ 人　有男人味的人

區別：這三種「好像～」的說法

下面這三個文型都可以翻譯為「好像～」，但用法有些許差異：

● 「～そうです」
● 「～ようです」（口語說法為：～みたいです）
● 「～らしいです」（[名詞]＋らしい：「有～的風格」除外）

「好像～」 的區別	推測	推測 過去的事實	舉例	比喻
～そうです	● 視覺上看起來好像～ 例）この 料 理はおいしそうです。 （這道菜看起來好像很好吃。） ● ～快要發生的樣子 例）棚 の上の荷 物が落ちそうです。 （架子上的行李好像要掉下來。） ● 直覺上好像～ 例）体 がだるくて、会 社へ行けそ うもありません。 （因為身體很疲倦，好像無法去上班。）	×	×	×
～ようです （～みたいです）	● （視覺、聽覺、嗅覺、味覺、觸覺） 感覺好像～ 例）どこかでうなぎを焼いているようです。 （好像哪裡正在烤鰻魚。） 嗅覺：聞到烤魚的香味	○	○	○

「好像～」的區別	推測	推測過去的事實	舉例	比喻
～ようです （～みたいです）	例）この部屋の中に人がいるようです。 （這個房間裡好像有人。） 聽覺：聽到房裡有聲音 ● 主觀上所做的綜合判斷 例）太郎は風邪をひいたようです。 （太郎好像感冒了。）	○	○	○
～らしいです	● 聽了別人的說法後，自己下的判斷 例）台風はもう通り過ぎたらしい。 （颱風好像已經通過了。） ● 要轉達一件不確定的傳聞 例）あの芸能人は隠し子がいるらしい。 （那個藝人好像有私生子。） ※ ～らしい是普通體，是較為坦白的語氣	○	×	×

要注意！ 這一課所有文型的接續方式

另外，這一課的各種文型的接續方式，也要特別注意。下面分別用四種詞性的單字來做練習。

● 動詞 ——— 降ります（下（雨））

● い形容詞 —— 難しい（困難的）

● な形容詞 —— 元気(な)（有精神的）

● 名詞 ——— 男（男人）

接續差異		動詞：降ります	い形容詞：難しい
～そうです 聽說～	現在肯定形	降るそうです	難しいそうです
	現在否定形	降らないそうです	難しくないそうです
	過去肯定形	降ったそうです	難しかったそうです
	過去否定形	降らなかったそうです	難しくなかったそうです
～そうです （看起來、直覺） 好像～	現在肯定形	降りそうです	難しそうです
	現在否定形	降りそうもありません	難しくなさそうです
	過去肯定形	降りそうでした	難しそうでした
	過去否定形	降りそうもありませんでした	難しくなさそうでした
～ようです 好像～	現在肯定形	降るようです	難しいようです
	現在否定形	降らないようです	難しくないようです
	過去肯定形	降ったようです	難しかったようです
	過去否定形	降らなかったようです	難しくなかったようです
～みたいです 好像～ （口語表現）	現在肯定形	降るみたいです	難しいみたいです
	現在否定形	降らないみたいです	難しくないみたいです
	過去肯定形	降ったみたいです	難しかったみたいです
	過去否定形	降らなかったみたいです	難しくなかったみたいです
～らしいです （聽說）好像～	現在肯定形	降るらしいです	難しいらしいです
	現在否定形	降らないらしいです	難しくないらしいです
	過去肯定形	降ったらしいです	難しかったらしいです
	過去否定形	降らなかったらしいです	難しくなかったらしいです
～らしいです 有～的風格	現在肯定形		
	現在否定形		
	過去肯定形		
	過去否定形		

接續差異		な形容詞：元気（な）	名詞：男
～そうです 聽說～	現在肯定形	元気だそうです	男だそうです
	現在否定形	元気じゃないそうです	男じゃないそうです
	過去肯定形	元気だったそうです	男だったそうです
	過去否定形	元気じゃなかったそうです	男じゃなかったそうです
～そうです （看起來、直覺） 好像～	現在肯定形	元気そうです	
	現在否定形	元気じゃなさそうです	男じゃなさそうです
	過去肯定形	元気そうでした	
	過去否定形	元気じゃなさそうでした	男じゃなさそうでした
～ようです 好像～	現在肯定形	元気なようです	男のようです
	現在否定形	元気じゃないようです	男じゃないようです
	過去肯定形	元気だったようです	男だったようです
	過去否定形	元気じゃなかったようです	男じゃなかったようです
～みたいです 好像～ （口語表現）	現在肯定形	元気みたいです	男みたいです
	現在否定形	元気じゃないみたいです	男じゃないみたいです
	過去肯定形	元気だったみたいです	男だったみたいです
	過去否定形	元気じゃなかったみたいです	男じゃなかったみたいです
～らしいです （聽說）好像～	現在肯定形	元気らしいです	男らしいです
	現在否定形	元気じゃないらしいです	男じゃないらしいです
	過去肯定形	元気だったらしいです	男だったらしいです
	過去否定形	元気じゃなかったらしいです	男じゃなかったらしいです
～らしいです 有～的風格	現在肯定形		男らしいです
	現在否定形		男らしくないです
	過去肯定形		男らしかったです
	過去否定形		男らしくなかったです

佐藤：あれ？ あそこで友達と話しているのは王くんじゃないですか？
代替名詞＝人　　　不就是～嗎

陳：ああ、そうですね。

佐藤：何だか嬉しそうですね。何かいいことがあったようですね。
不知道為什麼　　　　　好事

陳：日本の会社で正社員として* 働くことが決まったそうですよ。
以正式社員的身分

佐藤：ええ、そうなんですか。国へ帰って家の仕事を手伝うと言って
表示：驚訝的語氣　是這樣嗎？　　　　　　　　　　幫忙

いましたよね。
表示：提醒和再確認的語氣

陳：アルバイトしている時、会社の通訳の仕事を頼まれて、
打工的時候　　　　　　被委託（中級本23課：受身形用法）

その時、相手の会社の人にうちの会社で働かないかって
對方　　　　自家的　　　要不要工作？　＝引述表現的「と」

誘われたらしいんです。
聽說好像被邀約。「～んです」表示訴求理由

佐藤：へえ、それはよかったですね。
那真是太好了

陳：すごく 条件が良かったので、その場*ですぐ 入社を決めたそ

うです。

佐藤：はっは、王くんらしいですね。

陳：彼ももうすぐ卒業だし、ちょうどよかったと思います。

佐藤：王くんはすごく積極的だし、熱心だし、会社で出世しそ

うですね。

陳：私もそう思います。

佐藤：家族の人も喜んでいるでしょうね。

陳：ええ、彼のお父さん以外は。お父さんは王くんが帰って来

ないと聞いて寂しそうでしたよ。

佐藤：ああ、そうか。家の仕事を継ぐはずだったのに、

お父さんにとって*は残念かもしれませんね。

239

佐藤：咦？正在那邊跟朋友說話的人不就是小王嗎？

陳：啊，對耶。

佐藤：不知道為什麼看起來好像很開心的樣子。好像發生了什麼好事耶。

陳：聽說在日本的公司以正式社員身分工作的事情確定了唷。

佐藤：咦…是這樣嗎？（之前）有說過要回國幫忙家裡的工作不是嗎？

陳：打工的時候，被委託公司的翻譯工作，那個時候，聽說好像被對方公司的人邀約要不要到他們自家的公司工作。

佐藤：哦！那真是太好了耶。

陳：因為（公司開的）條件非常好，聽說當場立刻決定要進公司工作。

佐藤：哈哈，真有小王的風格耶。

陳：因為他也快要畢業了，我覺得這樣剛剛好。

佐藤：小王非常積極又熱心，（感覺他）在公司好像會出人頭地耶。

陳：我也是這麼想。

佐藤：家裡的人應該也很高興吧。

陳：對啊，除了他的父親以外。父親聽到小王不回去，好像很寂寞唷。

佐藤：啊，原來如此。照理說明明應該要繼承家裡的工作，對父親而言或許覺得很可惜吧。

＊「名詞＋として」＝「作為～、當作～、以～身分」

私は趣味として料理を勉強しています。

（我將學作菜當作興趣。） 勉強します

私は生徒会長としてスピーチしました。

（我以學生會長的身分演講。）

スピーチします

＊「その場」的用法：

● 當場

（例）犯人はその場で捕まりました。 捕まります（被捕）

（犯人當場被捕。）

● 當下、立即

（例）その場では嘘をついて、ごまかしました。 嘘をつきます（說謊）

（（我）當時說謊，騙了人。） ごまかします（欺騙）

＊「～にとって～」＝「對～而言，～」

社員にとっては給料は高ければ高いほどいいです。 高い

越～越～（中級本 21 課：條件形「～ば」用法）

（對員工而言，薪水是越高越好。）

35課 關連語句

提醒颱風來襲要事先存糧

A：ニュースによると、この 週 末台風
　　　　根據
　　が日本を通過するそうですよ。
　　　　　　　　　　　　　表示提醒的語氣（初級本 01 課）
B：そうですか。食べ物などをたくさん買っておかなければなりませんね。
　　　　　　　　之類的　　　　　　　　一定要事先買（中級本 17 課：ない形用法）

> A：根據新聞，聽說這個週末有
> 　　颱風會通過日本唷。
> B：這樣子啊，一定要事先買很
> 　　多食物之類的東西喔。

評論相親對象

A：これ、今度のお見合い相手の写真です。
　　　　　　　　相親對象
B：やさしそうだし、 頭 もよさそうだし、
　　　看起來好像又溫柔、頭腦也很聰明
　　いいと思いますよ。
　　　　　覺得

> A：這是這次相親對象的
> 　　照片。
> B：看起來好像又溫柔，
> 　　頭腦也很聰明，我覺
> 　　得很不錯唷。

頭痛、發燒，無法去上班

A：もしもし、あ、木村さん。どうしたんですか。
　　　　　　　　　　きむら
B：今日起きたら、 頭 も痛くて、熱もあって、
　　起床，結果…（中級本 21 課：「～たら」的用法）
　　会社に行けそうもありません。
　　好像無法去上班（中級本 20 課：可能形用法）
A：そうですか。じゃあ、今日はゆっくり
　　　　　　　　　　　　　　　　好好地
　　休んでください。お大事に。
　　　　　　　　　請保重身體

> A：喂喂，啊，木村
> 　　先生，你怎麼
> 　　了？
> B：今天起床，結果
> 　　頭也很痛，還有
> 　　發燒，好像無法
> 　　去上班。
> A：這樣子啊。那麼
> 　　，今天就請好好
> 　　地休息。請保重
> 　　身體。

242

說明車票好像掉了

A：どうしたんですか。

A：怎麼了嗎？
B：車票不見了。好像掉在哪裡了。

B：切符がないんです。どこかで落としたようです。

不見了。「～んです」表示「強調」

指導教授嚴格但親切，像父親一樣

A：指導教授はどんな人ですか。

什麼樣的

A：指導教授是個什麼樣的人呢？
B：雖然嚴格，卻很親切，好像是
　　父親一樣的人。

B：厳しいですが、

雖然（初級本 07 課）

親切で父親みたいな人です。

形容詞・名詞的連接（中級本 15 課）

談論傳聞中交往不順利的情侶

A：噂ではあの二人、

表示：範圍

A：傳聞中，聽說那兩人好像進展得
　　不順利唷。
B：好像是那樣耶。或許會分手吧。

うまく行っていないらしいですよ。

進展不順利。表達「目前狀態」（中級本 14 課：て形用法）

B：そうみたいですね。別れるかもしれませんね。

好像是那樣　　　　　　　　　　或許

詢問對方喜歡的男性類型

A：どんな男性がタイプですか。

類型

A：什麼樣的男性是你喜歡的類型呢？
B：我喜歡有責任感又有男人味的男性。

B：責任感があって、男らしい男性が好きです。

表示：焦點（初級本 07 課）

第36課

せんせい
先生もどうぞお元気で。　老師也請多多保重。

本課單字

語調	發音	漢字・外來語	意義
6	けんぶつします	見物します	參觀、遊覽
5	みつかります	見つかります	找到
5	たすかります	助かります	有幫助
6	しつもんします	質問します	提問
4	しらせます	知らせます	通知
3	うけます	受けます	接受
5	きにいります	気に入ります	喜歡
6	いいつかります	言い付かります	被吩咐
5	いいつけます	言い付けます	吩咐
7	ごらんになります	ご覧になります	見ます（看）、読みます（讀）的尊敬語
6	いらっしゃいます		行きます（去）、来ます（來）、います（有（人））的尊敬語
7	おいでになります		行きます（去）、来ます（來）的尊敬語
7	おこしになります	お越しになります	来ます（來）的尊敬語
7	おみえになります	お見えになります	来ます（來）的尊敬語
6	めしあがります	召し上がります	食べます（吃）、飲みます（喝）的尊敬語
5	くださいます	下さいます	くれます（給（我））的尊敬語
5	おっしゃいます		言います（說）的尊敬語
4	なさいます		します（做）的尊敬語
2	ごぞんじです	ご存知です	知っています（知道）的尊敬語

語調	發音	漢字・外來語	意義
8	おやすみになります	お休みになります	寝ます（睡覺）的尊敬語
8	おたずねになります	お尋ねになります	聞きます（問）的尊敬語
7	おめしになります	お召しになります	着ます（穿）的尊敬語
8	おもとめになります	お求めになります	買います（買）的尊敬語
6	おきにめします	お気に召します	気に入ります（喜歡）的尊敬語
7	おめにとまります	お目に止まります	気に入ります（喜歡）的尊敬語
6	おおせつけます	仰せ付けます	言い付けます（吩咐）的尊敬語
7	おかけになります	お掛けになります	座ります（坐）的尊敬語
4	まいります	参ります	行きます（去）、来ます（來）的謙讓語
3	おります		います（有（生命物））的謙讓語
5	さしあげます	差し上げます	あげます（給予）的謙讓語
4	もうします	申します	言います（說）的謙讓語
6	もうしあげます	申し上げます	言います（說）的謙讓語
6	はいけんします	拝見します	見ます（看）的謙讓語
4	いたします	致します	します（做）的謙讓語
7	おめにかかります	お目にかかります	会います（見面）的謙讓語
1、6	ぞんじています	存じています	知っています（知道）的謙讓語
5	しょうちします	承知します	わかります（知道、了解）的謙讓語
6	かしこまります		わかります（知道、了解）的謙讓語
6	はいしゃくします	拝借します	借ります（借入）的謙讓語
6	はいどくします	拝読します	読みます（閱讀）的謙讓語

語調	發音	漢字・外來語	意義
5	うかがいま￢す	伺います	聞きます（問）、相手の所へ行きます（去對方那邊拜訪）、相手の所へ来ます（來對方這邊拜訪）的謙讓語
4	あがりま￢す	上がります	相手の所へ行きます（去對方那邊拜訪）、相手の所へ来ます（來對方這邊拜訪）的謙讓語
7	おみみにいれま￢す	お耳に入れます	知らせます（通知）的謙讓語
6	おめにかけま￢す	お目にかけます	見せます（給～看）的謙讓語
7	ごらんにいれま￢す	ご覧に入れます	見せます（給～看）的謙讓語
7	おおせつかりま￢す	仰せ付かります	言い付かります（被吩咐）的謙讓語
5	あずかります	預かります	保管
3	よろし￢い	宜しい	好的（いい的禮貌說法）
1	ゴ￢ルフ	golf	高爾夫
0	しゃちょう	社長	社長、總經理
1	げ￢ん	件	事情
1	お￢くさま	奥様	尊夫人（尊稱他人妻子的用語）
1	さ￢どう	茶道	茶道
3	ひょうげ￢ん	表現	表現、表達
0	けっか	結果	結果
2	きか￢い	機会	機會
0	めんかい	面会	會面
0	やくそく	約束	約定
0	からすみ		烏魚子
1	～さ￢ま	～様	～先生、～小姐（尊稱他人的用語）
1	い￢までは	今では	如今
1	わ￢ざわざ		特意
4	えんりょな￢く	遠慮なく	不要客氣
0	さいしょに	最初に	一開始
1	い￢やいや		哪裡哪裡

語調	發音	漢字・外來語	意義
0	～について		關於～

招呼用語 ＊發音有較多起伏，請聆聽 MP3

發音	意義
お元気で げんき	請多多保重
それはどうも	那真是謝謝
かまいません	沒關係

❶ 部長は英語の新聞を読まれます。
ぶちょう　えいご　しんぶん　よ
（部長會看英文報紙。）

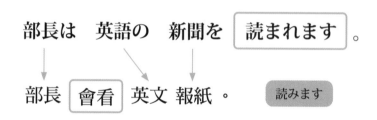

部長は　英語の　新聞を　読まれます 。

部長　會看　英文　報紙 。　　読みます

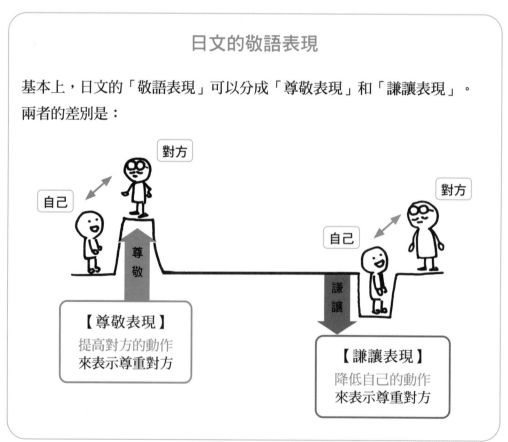

日文的敬語表現

基本上，日文的「敬語表現」可以分成「尊敬表現」和「謙讓表現」。
兩者的差別是：

對方

自己

尊敬

【尊敬表現】
提高對方的動作
來表示尊重對方

對方

自己

謙讓

【謙讓表現】
降低自己的動作
來表示尊重對方

要注意！　「尊敬表現」的六種型態

① 使用尊敬形
② お＋[動詞－ます形]＋になります
③ 使用尊敬語
④ お＋[動詞－ます形]＋です
⑤ お＋[動詞－ます形]＋ください（要求的說法）
⑥ [尊敬語的て形／お [動詞－ます形] になって]＋ください（要求
　 的說法）

下方將以「読<ruby>読<rt>よ</rt></ruby>みます」（閱讀）為例，一一說明這六種「尊敬表現」：

① 使用尊敬形

（例）部長<ruby>部長<rt>ぶちょう</rt></ruby>は英語<ruby>英語<rt>えいご</rt></ruby>の新聞<ruby>新聞<rt>しんぶん</rt></ruby>を読<ruby>読<rt>よ</rt></ruby>まれます。（部長會看英文報紙。）

> 読みます　（ます形）
> 読まれます（受身形）＝（尊敬形）

※【注意】
動詞的「尊敬形」和「受身形」完全一樣，必須根據會話內容來判斷
到底是「尊敬形」還是「受身形」。

- -

② お＋[動詞－ます形]＋になります

（例）部長<ruby>部長<rt>ぶちょう</rt></ruby>は英語<ruby>英語<rt>えいご</rt></ruby>の新聞<ruby>新聞<rt>しんぶん</rt></ruby>をお読<ruby>読<rt>よ</rt></ruby>みになります。
　　　（部長會看英文報紙。）

> 読みます（ます形）・お＋読みます＋になります

※【注意】

● 「します、来ます、います、寝ます、見ます」這種「ます」前面
只有一個音節的動詞，不能套用這種型態的尊敬表現。

● 如果是「利用します、見物します」等等由兩個漢字組成的「動作
性名詞」，尊敬表現基本上則為「ご＋ 漢字 ＋になります」。

- -

③ 使用尊敬語

（例）部長は英語の新聞をご覧になります。（部長會看英文報紙。）

> 「ご覧になります」是「読みます」的「尊敬語」

※【注意】：「尊敬形」和「尊敬語」的差異
尊敬「形」：是動詞變化之一，所有的動詞都有「尊敬形」。
尊敬「語」：則是該單字本身已包含「尊敬」的意思。
並非所有的動詞都有「尊敬語」，生活中常用的動詞才有「尊敬語」。

- -

④ お＋[動詞－ます形]＋です

（例）部長は今、新聞をお読みです。（部長現在正在看報紙。）

> 読みます（ます形），お＋読みます＋です

※【注意】

● 「お＋[動詞－ます形]＋です」的尊敬表現，只限於表示「目前狀態」。

● 「します、来ます、います、寝ます、見ます」這種「ます」前面
只有一個音節的動詞，不能套用這種型態的尊敬表現。

● 如果是「利用します、見物します」等等由兩個漢字組成的「動作
性名詞」，尊敬表現基本上則為「ご＋ 漢字 ＋です」。

⑤ お＋[動詞－<del>ます形</del>]＋ください（要求的説法）

（例）説明書_{せつめいしょ}をお読_よみください。（請閱讀說明書。）

読みます（ます形），お＋読み<del>ます</del>＋ください

※【注意】

● 「します、来_きます、います、寝_ねます、見_みます」這種「ます」前面只有一個音節的動詞，不能套用這種型態的尊敬表現。

● 如果是「利用します、見物します」等等由兩個漢字組成的「動作性名詞」，尊敬表現基本上則為「ご＋ 漢字 ＋ください」。

⑥ [尊敬語的て形／お[動詞－<del>ます形</del>]になって]＋ください（要求的說法）

（例）説明書_{せつめいしょ}をご覧_{らん}になってください。（請閱讀說明書。）

ご覧になります 是「尊敬語」
ご覧になって（て形）＋ください

（例）説明書_{せつめいしょ}をお読_よみになってください。（請閱讀說明書。）

お読みになります（ます形）
お読みになって　（て形）＋ください

例文

● 働きます　課長は毎晩遅くまで働かれます。
　※動詞　　　　　　　　　　～到很晚

（課長每天晚上工作到很晚。）

> 働きます　（ます形）
> 働かれます（受身形）＝（尊敬形）

● します　社長は週末にゴルフをなさいます。
　※動詞　　　　　表示：動作進行時點（初級本03課）

（社長週末會去打高爾夫球。）

> 「なさいます」是「します」的「尊敬語」

● 待ちます　少々お待ちください。
　※動詞　　　　稍微

（請您稍候。）

> 待ちます（ます形），
> お＋待ちます＋ください
> お＋［動詞－ます形］＋ください　尊敬表現的要求說法

筆記頁

空白一頁，讓你記錄學習心得，也讓下一頁的「學習目標」，能以跨頁呈現，方便於對照閱讀。

....

....

....

....

....

....

....

....

....

....

....

....

....

....

....

....

がんばってください。

（請加油！）

❷ コーヒーをお入れします。（（我）泡咖啡（給您）。）

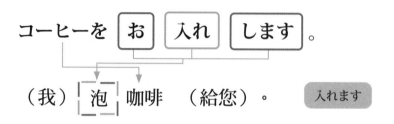

コーヒーを 〔お〕〔入れ〕〔します〕。

（我）〔泡〕咖啡（給您）。

入れます

要注意！ 「謙讓表現」的兩種型態

「謙讓表現」有兩種：
（1）鄭重謙讓表現。（2）謙遜謙讓表現

● （1）鄭重謙讓表現

適用於：是自己的動作，不會涉及到對話的另一方。例如：

帰ります
（（我）回去）

ラーメンを食べます
（（我）吃拉麵）

● 「鄭重謙讓表現」的說法如下：
① 使用：使役て形

$\boxed{使役て形}$ ＋いただきます　※此為不需要對方許可的動作

　（例）それでは、先^{さき}に帰^{かえ}らせていただきます。

　　　　（那麼，（我）要先回去了。）

> 帰ります（ます形），帰らせます（使役形）
> 帰らせて（使役て形）＋いただきます
> 「回去」是自己的動作，不會涉及到另一方，適用「鄭重謙讓表現」

$\boxed{使役て形}$ ＋いただけませんか（$\boxed{使役て形}$ ＋いただきたいんですが）
※此為需要對方許可的動作，表示「能否請你讓我～」。

　（例）　調^{ちょうし}子が悪^{わる}いので、早^{はや}く帰^{かえ}らせていただけませんか。

　　　　　　　　（＝早^{はや}く帰^{かえ}らせていただきたいんですが。）

　　　（因為身體不舒服，能不能請你讓我早點回去？）

> 「回去」是自己的動作，不會涉及到另一方，適用「鄭重謙讓表現」

② 使用：鄭重謙讓語

　（例）昼^{ひる}はラーメンをいただきました。（（我）中午吃了拉麵。）

> 「いただきます」是「食べます」的「謙讓語」
> いただきます（ます形），いただきました（ます形的過去形ました）
> 「吃拉麵」是自己的動作，不會涉及到另一方，適用「鄭重謙讓表現」

「使役て形」與「て形」的差異

如果不是用「使役て形」，而是用「て形」接續「いただけません
か」，意思完全不同：

| て形 | ＋いただきます　　：（我）請你（為我）[做]～
| て形 | ＋いただけませんか：能不能請你（為我）[做]～？

● | 使役て形 | 早く | 帰^{かえ}らせて^{はや} | いただけませんか。

　　　　　　　　　　　└─ 說話者的動作

　　（能不能<u>請您讓我</u>早一點回去？）

　　　使役て形 ＋ いただけませんか　能不能請你讓我 [做]～　的說法

● | て形 | 早く | 帰^{かえ}って^{はや} | いただけませんか。

　　　　　　　　　　　└─ 對方的動作

　　（能不能<u>請您</u>早一點回去？）

　　　て形 ＋ いただけませんか　能不能請你為我 [做]～　的說法

● （2）謙遜謙讓表現：

適用於：自己的動作會涉及到對話的另一方。中文翻譯時，可翻譯為「幫你[做]～、為你[做]～、[做]～給你」等等。例如：

しょうかい
紹 介します
（（我）來為你們互相介紹）

コーヒーを入れます
（（我）來為你泡咖啡）

●「謙遜謙讓表現」的說法如下：

① お ＋ [動詞－ます形] ＋ します

　　（例）コーヒーをお入れします。（（我）泡咖啡（給您））

> 入れます（ます形），お ＋ 入れます ＋ します
> 「為對方泡咖啡」的動作會涉及到另一方，適用「謙遜謙讓表現」

② 使用：謙遜謙讓語
　　　あした　せんせい　けんきゅうしつ　うかが
　　（例）明日、先生の研 究 室に 伺ってもいいですか。
　　　　　　　　　　　　　　可以去拜訪嗎（中級本 14 課：て形用法）

　　（明天可以去拜訪老師的研究室嗎？）

> 「伺います」是「相手の所へ行きます」的「謙讓語」
> 伺って（て形）＋ も ＋ いいですか　可以[做]～嗎　的說法
> 「去老師的研究室」的動作會涉及到另一方，適用「謙遜謙讓表現」

● 休みます
※ 動詞

部長、すみませんが、明日会社を休ませていただけませんか。

（部長，不好意思，明天能不能請你讓我請假？）

> 休みます（ます形），休ませます（使役形）
>
> 「請假」是自己的動作，不會涉及到另一方，適用「鄭重謙讓表現」
>
> 「請假」的動作需要對方許可，所以使用：
> → 休ませて（使役て形）＋ いただけませんか　能不能請我 [做] 〜

● 呼びます
※ 動詞

タクシーをお呼びしましょうか。

（要不要我來為您叫計程車？）

> 呼びます（ます形），お ＋ 呼びます ＋ します
>
> 「為對方叫車」的動作會涉及到另一方，適用「謙遜謙讓表現」
>
> 「〜ます」變成「〜ましょうか」的用法同初級本12課：視對方需求而提議或提案

● 説明します
※ 動詞

この件については私からご説明いたします。
　　　　　關於〜　　由我

（關於這件事，由我來說明。）

> 此為謙遜謙讓表現「ご〜します」的「します」再改成謙讓語「いたします」的用法
>
> 「いたします」是「します」的謙讓語
> 「為大家說明」的動作會涉及到另一方，適用「謙遜謙讓表現」

一定要
會的！

總整理：動詞「敬語表現」分類

尊敬表現／對方的動作

敬語表現

謙讓表現／自己的動作

① 尊敬表現 → ① 尊敬形

② お ＋ ますまま形 ＋ になります

③ 尊敬語

④ お ＋ ますまま形 ＋ です
※只限於表達現在的狀態

② 指示要求 → ① お ＋ ますまま形 ＋ ください

② ●お ＋ ますまま形 ＋ になって ＋ ください

●尊敬語的 て形 ＋ ください

① 鄭重謙讓表現 → ① 使役て形 ＋ いただきます
（不會涉及講話對方的動作）　　※ 不需要對方許可的動作

使役て形 ＋ いただけませんか
※ 需要對方許可的動作

使役て形 ＋ いただきたいんですが
※ 需要對方許可的動作

② （鄭重）謙讓語

② 謙遜謙讓表現 → ① お ＋ ますまま形 ＋ します
（會涉及講話對方的動作）

② （謙遜）謙讓語

常用【尊敬語、謙讓語（鄭重謙讓語・謙遜謙讓語）】一覧表

☆：謙遜謙讓語　★：鄭重謙讓語　◎：謙遜・鄭重兩用

尊敬語	丁寧體	謙讓語
いらっしゃいます おいでになります	行（い）きます（去）	参（まい）ります◎
いらっしゃいます・ おいでになります・ お越（こ）しになります・ お見（み）えになります	来（き）ます（來）	
いらっしゃいます	います（有（人、生命物））	おります★
〜ていらっしゃいます	〜ています（正在〜）	〜ております★
召（め）し上（あ）がります	食（た）べます（吃） 飲（の）みます（喝）	いただきます◎
×	もらいます（得到）	いただきます☆
×	〜てもらいます （得到〜動作好處）	〜ていただきます☆
×	あげます（給予）	差（さ）し上（あ）げます☆
×	〜てあげます （給予〜動作好處）	〜てさしあげます☆
下（くだ）さいます	くれます（給我）	×
〜て下（くだ）さいます	〜てくれます （給我〜動作好處）	×
おっしゃいます	言（い）います（說）	申（もう）します◎ 申（もう）し上（あ）げます☆
ご覧（らん）になります	見（み）ます（看）	拝見（はいけん）します☆
なさいます	します（做）	致（いた）します◎
×	会（あ）います（見面）	お目（め）にかかります☆
ご存知（ぞんじ）です	知（し）っています（知道）	存（ぞん）じております◎
×	〜と思（おも）います（覺得〜）	〜と存（ぞん）じます★

尊敬語	丁寧體	謙讓語
×	わかりました （引き受けました） （知道了、了解）	しょうち 承 知しました ◎ かしこまりました ☆
お休みになります	寝ます（睡覺）	×
×	借ります（借入）	はいしゃく 拝 借します ☆
ご覧になります	読みます（閲讀）	はいどく 拝 読します ☆
お尋ねになります	聞きます（質問します） （問）	うかが 伺います ☆
×	（相手の所へ）行きます （去對方那邊拜訪） （相手の所へ）来ます （來對方這邊拜訪）	うかが 伺います ☆ あ 上がります ☆
×	知らせます（通知）	みみ い お耳に入れます ☆
お召しになります	着ます（穿）	×
×	（相手に）見せます （給～看）	め お目にかけます ☆ らん い ご覧に入れます ☆
お求めになります	買います（買）	×
×	（恩恵など）を受けます （接受～恩惠等等）	お(ご)～～にあずかります ◎
お気に召します・ お目に止まります	気に入ります（喜歡）	×
×	言い付かります （命令される） （被吩咐）	おお つ 仰せ付かります ☆
おお つ 仰せ付けます	言い付けます（命令する） （吩咐）	×

わたし　かちょう　えき　　おく
❸ 私は課長を駅まで送ってさしあげました。
（我送課長到車站。）

私は　課長を　駅まで　送って　さしあげました 。

我　送　課長　到車站 。　　送ります

整理：授受動詞的敬語表現

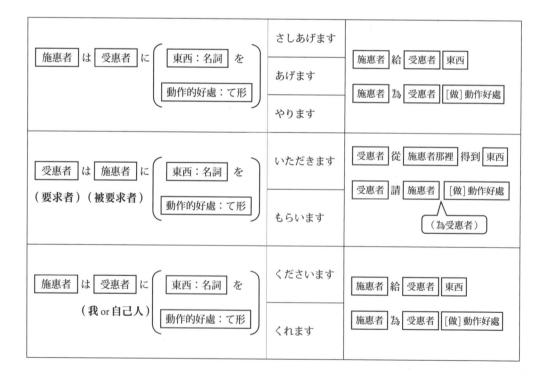

施惠者 は 受惠者 に（東西：名詞 を／動作的好處：て形）	さしあげます あげます やります	施惠者 給 受惠者 東西 施惠者 為 受惠者 [做]動作好處
受惠者 は 施惠者 に（東西：名詞 を／動作的好處：て形） （要求者）（被要求者）	いただきます もらいます	受惠者 從 施惠者那裡 得到 東西 受惠者 請 施惠者 [做]動作好處 （為受惠者）
施惠者 は 受惠者 に（東西：名詞 を／動作的好處：て形） （我 or 自己人）	くださいます くれます	施惠者 給 受惠者 東西 施惠者 為 受惠者 [做]動作好處

整理：授受動詞的敬語表現【例句應用】

	～てあげる	～てもらう	～てくれる
丁寧體	**～てあげます** 私は友達に料理を作ってあげました。 （我為朋友做菜。）	**～てもらいます** 私は友達に料理を作ってもらいました。 （我請朋友為我做菜）	**～てくれます** 友達は私に料理を作ってくれました。 （朋友為我做菜。）
尊敬表現			**～てくださいます** 部長は私に料理を作ってくださいました。 （部長為我做菜。）
謙讓表現	**～てさしあげます** 私は部長に料理を作ってさしあげました。 （我為部長做菜。）	**～ていただきます** 私は部長に料理を作っていただきました。 （我請部長為我做菜）	
尊大表現	**～てやります** 私は子供に料理を作ってやりました。 （我為小孩做菜。）		

※尊大表現：意指「把自己視為上面的人」。

例句圖示化

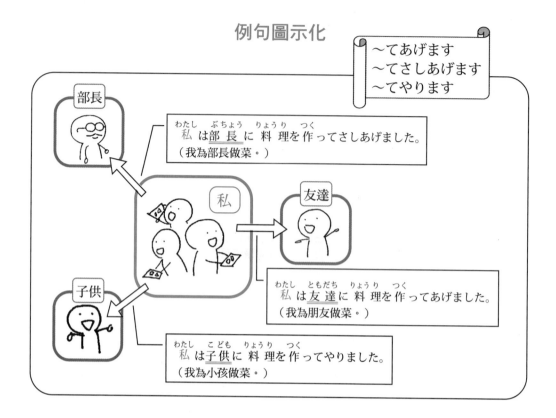

部長

～てあげます
～てさしあげます
～てやります

私 は部長 に 料 理を作ってさしあげました。
（我為部長做菜。）

私

友達

私 は友 達 に 料 理を作ってあげました。
（我為朋友做菜。）

子供

私 は子供 に 料 理を作ってやりました。
（我為小孩做菜。）

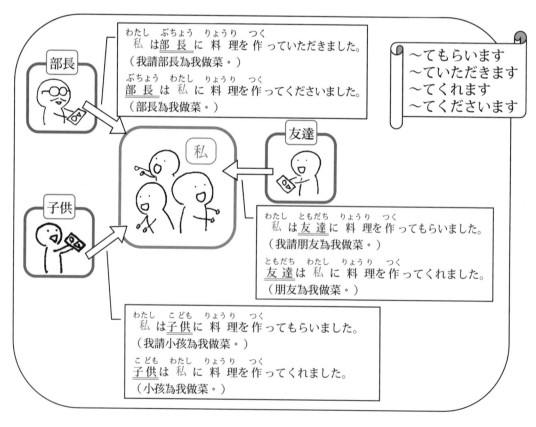

私 は部長 に 料 理を作っていただきました。
（我請部長為我做菜。）

部長 は 私 に 料 理を作ってくださいました。
（部長為我做菜。）

部長

～てもらいます
～ていただきます
～てくれます
～てくださいます

私

友達

私 は友 達 に 料 理を作ってもらいました。
（我請朋友為我做菜。）

友 達 は 私 に 料 理を作ってくれました。
（朋友為我做菜。）

子供

私 は子供 に 料 理を作ってもらいました。
（我請小孩為我做菜。）

子供 は 私 に 料 理を作ってくれました。
（小孩為我做菜。）

● 説明します
※ 動詞 　　　　　　　　表示：動作的對方（初級本 08 課）
私 は部 長 にパソコンの使い方を説 明してさしあげ

ました。

（我為部長說明個人電腦的使用方法。）

> 説明します（ます形）， 説明して（て形）
> 説明して＋あげます 　　（丁寧體）
> 説明して＋さしあげます（謙讓表現）
>
> ───────────────────────
> 説明してさしあげます 　　（ます形）
> 説明してさしあげました（ます形的過去形ました）

● 連れて行きます
※ 動詞 　　　　　　　　表示：方向（初級本 04 課）
私 は課 長 に居酒屋へ連れて行っていただきました。

（我請課長帶我去居酒屋。）

> 連れて行きます（ます形）， 連れて行って（て形）
> 連れて行って＋もらいます 　　（丁寧體）
> 連れて行って＋いただきます（謙讓表現）
>
> ───────────────────────
> 連れて行っていただきます 　　（ます形）
> 連れて行っていただきました（ます形的過去形ました）

● 教えます
※ 動詞 　　　　　　　　表示：動作的對方（初級本 08 課）
社 長 の奥様は 私 に茶道を教えてくださいました。

（社長的妻子教我茶道。）

> 教えます（ます形）， 教えて（て形）
> 教えて＋くれます 　　（丁寧體）
> 教えて＋くださいます（尊敬表現）
>
> ───────────────────────
> 教えてくださいます 　　（ます形）
> 教えてくださいました（ます形的過去形ました）

王：先生、今までいろいろとご指導くださって、本当にありが

一直以來　　放在副詞後面，表示「提示內容」

とうございます。

教授：王くん、卒業おめでとう。来たばかりの時は日本語を話

恭喜畢業　　　　剛來

すのも大変そうだったけど、今ではずいぶん上手になったね。

形式名詞，　好像很辛苦　　　　　相當
表示具體的某件事

王：先生に日本語のいろいろな表現を教えていただいた

表示：動作的對方（初級本 08 課）

おかげです*。

多虧

教授：いやいや、王くんがよく頑張った結果だよ。

哪裡哪裡　　　　　　充分

王：先生、機会があれば台湾にいらっしゃってください。

有機會的話（中級本 21 課：條件形「～ば」用法）

私がご案内します。

教授：そうだね。ぜひ行ってみたいね。でも、王くんは日本で仕事

好啊　　　一定

が見つかったんでしょう？

找到了，對不對？

王：そうですが、先生がいらっしゃるなら会社を休みますから。
是那樣沒錯，但是… 　　　　　　如果來的話（中級本21課：「〜なら」的用法）　表示：宣言

教授：はっは。それはどうも。
　　　　　　那真是謝謝

王：あの、これ、台湾のお土産です。先生に差し上げようと思って
　　嗯…　　　　　　　　　　　　　　　　　打算送（中級本19課：意向形用法）

持って参りました。
帶過來

教授：あ、どうも。何ですか。
　　　　謝謝

王：からすみです。どうぞ。お酒と一緒に召し上がってください。
　　烏魚子　　　　　請收下　　和。表示：並列（初級本07課）

教授：わざわざありがとうね。
　　　　特意

王：それでは、そろそろ失礼いたします。また日本の生活で困っ
　　　　　　　　　　　應該要告辭了

たことがあったら、先生にご相談してもよろしいでしょうか*。
　　　　　　　　　　　　　　　　可以商量嗎

教授：ああ、かまわないよ。いつでも*来てください。
　　　　　　　沒關係　　　　　隨時

王：それでは、今まで本当にありがとうございました。

先生もどうぞお元気で。
請多多保重

教授：王<ruby>くん<rt></rt></ruby>も<ruby>元気<rt>げんき</rt></ruby>でね。<u>また<ruby>会<rt>あ</rt></ruby>いましょう。</u>

下次再見面吧

王：老師，真的非常感謝您一直以來給我的各種指導。

教授：王同學，恭喜你畢業。雖然你剛來的時候，日語說得好像也很辛苦，但是如今變得相當厲害耶。

王：多虧我請老師教了我日語的各種表達。

教授：哪裡哪裡，是王同學你充分努力的結果唷。

王：老師，有機會的話，請來台灣。我來招待您。

教授：好啊。我一定會去看看的。不過，王同學在日本找到工作了，對不對？

王：是那樣沒錯，但是如果老師您來的話，我會請假。

教授：哈哈。那真是謝謝你。

王：嗯…，這個是台灣的名產。因為我打算送給老師，就帶過來了。

教授：啊，謝謝你。這是什麼呢？

王：是烏魚子。請收下，請和酒一起享用。

教授：謝謝你特意準備耶。

王：那麼，我應該要告辭了。如果在日本的生活還有煩惱的事情，可以和老師商量嗎？

教授：啊，沒關係的。請隨時過來。

王：那麼，一直以來真的非常感謝您。老師也請您多多保重。

教授：王同學也要保重喔。下次再見面吧。

整理：「おかげです」的用法

● 「動詞－た形＋おかげです」＝「多虧～、託～的福」

しごと はや お　　　　　　　　　　かれ　てつだ
仕事が早く終わったのは彼が手伝ってくれたおかげです。

（工作能夠很快完成，是多虧他幫我。） 終ります　手伝います

● 「名詞＋の＋おかげです」＝「多虧～、託～的福」

にほんご　じょうず　　　　　　　　せんせい
日本語が上手になったのは先生のおかげです。

（日文變得厲害，是託老師的福。） 上手になります

● 另外，「おかげです」也可以用於句中：

まいにちちょきん　　　　　　　　　かいがいりょこう
毎日貯金したおかげで、やっと海外旅行ができました。

（多虧每天存錢，終於可以進行國外旅遊了。） できます

＊「動詞－て形＋もよろしいでしょうか」是
　「動詞－て形＋もいいですか」（可以做～嗎？）的禮貌說法。

けいたいでんわ　つか
ここで携帯電話を使ってもよろしいでしょうか。 使います

（可以在這裡使用手機嗎？）

＊「いつでも～動詞て形－ください」＝「請隨時［做］～」

れんらく
いつでも連絡してください。（請隨時聯絡。） 連絡します

說明自己將去迎接部長

A：部長は１４時に空港へ到着されます。
表示：方向（初級本04課）

B：わかりました。私が迎えに参ります。
去迎接

> A：部長下午２點會
>   抵達機場。
> B：我知道了。我去
>   迎接。

詢問 ATM 的營業時間

A：ATMは何時まで利用できますか。
可以使用（中級本20課：可能形用法）

B：２４時間ご利用になれます。
可以使用

> A：ATM可以使用到幾點？
> B：24小時都可以使用。

請對方不要客氣盡量吃

A：どうぞ遠慮なく召し上がってください。
不要客氣

B：それじゃ、いただきます。

> A：請享用不要客氣。
> B：那麼，我開動了。

拜訪他人時表明自己的身分

A：山田部長と面会の約束を
いただいております佐藤ですが。
獲得〜。等於「もらっている」。　表示「緩衝」的語氣

B：佐藤康博様ですね。ただいま山田を
表示「再確認」的語氣　　　現在

呼びますので、そちらにおかけになってお待ちください。
坐

> A：我是有和山田部長約
> 定見面的佐藤。
> B：是佐藤康博先生對
> 吧？因為現在要叫山
> 田，請您在這裡坐著
> 等候。

接下第一個開唱的任務

A：誰が歌うの？まず、

王くんに歌ってもらおうか。
表示：動作的對方（初級本08課）

B：それでは、私が最初に歌わせていただきます。
一開始

> A：誰要唱歌？首先，我們請
> 王同學為我們唱吧。
> B：那麼，一開始就讓我來先
> 唱。

提議送部長到車站

A：部長、私が駅までお送りしましょうか。
到車站

B：うん、そうしてくれると助かるよ。
你為我那樣做的話，就〜　　有幫助

> A：部長，要不要我
> 送您到車站？
> B：嗯，如果你願意
> 那樣做，我就方
> 便多囉。

檸檬樹